中學生必讀的中國古典文學

詩──宋──清

全彩圖文版

秦嶺、秦乙塵 主編

推薦序

詩詞教育是美感教育，
潤澤每個人的生活世界與生命情境

「散文是米炊成飯，而詩則是米釀成了酒」，詩詞曲雖然各有特色，但同樣以濃縮的語言、精鍊的文字表達深厚的情感與意涵；同樣以字字珠璣連綴成篇。《中學生必讀的中國古典文學》不僅能讓人發思古之幽情，更令人回味再三。

青少年在成長的過程中，除了接受正規的學校教育外，家庭教育與社會教育也是重要的一環，此時若能提供有效的引導與啟發，對孩子的待人接物會有深遠的影響與薰陶。閱讀良好的課外讀物則是極為優質的自主學習與充實的途徑，不僅可從書本中獲得樂趣、涵泳情思，還能增長知識。尤其是中國古代的詩詞曲，其辭藻之雋美典雅，蘊含作者細膩的情感抒發，以及對當時社會環境、政治世局等複雜感觸的心境呈現，更展現作者本身的品格、情操與修養，值得青少年賞析與學習，從而陶冶讀者的身心。

「溫柔敦厚，詩教也」，詩詞教育就是美感教育，透過詩歌的美感情意，潤澤每個人的生活世界與生命情境。藉著詩詞教育的潛移默化，進而培育發展成健全的人格。於此，秀威公司為了善盡社會責任，將唐詩、宋詩、元曲等精華，有系統集結成冊。選材平易近人，貼近孩子的生活經驗；鑑賞部分能提綱挈領，深入淺出地引領孩子進入古典詩詞的殿堂，是有效增進閱讀能力的課外讀物，特此為文推薦！

這一本精緻小巧的口袋書，除了收集中國古代具有代表性的詩詞之外，令人驚艷的是全彩美編，「詩中有畫、畫中有詩」。其插畫精緻唯美，與詩作情境相契合，足見編者之巧思與用心。所選畫作皆源於國際少年藝術大展的作品，是一本非常有質感且賞心悅目的書籍，值得閱讀、更值得您珍藏。

臺北市立新民國民中學校長　柯淑惠

前言

以唐詩、宋詞、元曲為代表的中國古典詩歌，不僅是中國文學寶庫中的璀璨瑰寶，而且在世界文學史上也佔據著重要地位。這些詩歌無論是內容或是藝術風格都具有無窮的生命力，提高青少年學生的文學素養，並領略詩歌的優雅與雋美。這也正是我們策劃編寫此叢書的初衷。

《中學生必讀的中國古典文學》叢書分為詩、詞和曲，共六冊，分別以唐詩、宋詞和元曲為主體，精選歷代詩詞曲作各一百首匯集而成。這樣選編既便於孩子們初步地了解中國古典詩歌的歷史淵源及發展變化，又可以引導他們挖掘詩人複雜而敏感的內心世界，帶領現代讀者發現古代詩人的心靈之旅。

《中學生必讀的中國古典文學》叢書是寫給青少年的讀物，「彩畫」也是它的一個顯著特點：叢書所配插圖蓋源於國際少年藝術大展作品，也就是說全部出自孩子們之手。如此設計，不僅區別於其他版本的一般性插圖，更重要的是用孩子們自己的畫來裝點，從而豐富了叢書的內涵，使其不再是單一的「中國古典文學」內容，同時增添了富有情趣的圖畫部分，圖文並茂，相輔相成，給人以清新別緻的鮮明印象，可增強孩子們閱讀和欣賞的興趣。

為了幫助中小學生更好地閱讀和掌握古典詩歌，叢書在參考多種優秀選本的基礎上，根據青少年的特點，取其精華，設置了輔助性的欄目：「作者」一欄，概要地介紹了作者的生平事蹟及其創作成果，便於孩子們了解作品產生的時代背景。「註釋」一欄，將難以理解的詞句作了通俗的解釋，方便孩子們閱讀。「鑑賞」一欄，則對詩詞曲作所表現的思想內容和藝術風格作了分析解讀，使讀者可以身臨其境地體味作品的豐富蘊涵。「今譯」一欄，在尊重原作的前提下，力圖避免散文化的直譯，而是用現代詩歌的語言和韻律，對作品進行了再創作式的翻譯，為讀者深入地理解把握原作，領會詩歌的音韻美提供了幫助。

編寫一本集文學性、藝術性和知識性於一體的、為廣大青少年喜聞樂見的課外讀物，是我們由來已久的想法。這一構想得到了有關部門和出版機構以及諸多教育同仁的大力支持，這也是叢書所以能夠在短時間內得以面世的重要原因，在此謹表謝意。

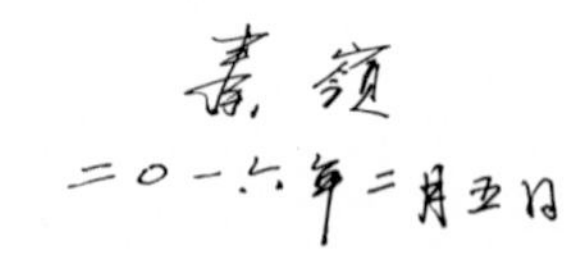

目次

推薦序＼臺北市立新民國民中學校長柯淑惠
前言＼秦嶺

第四篇　宋

51.江上漁者＼范仲淹　010
52.雜詩絕句＼梅堯臣　013
53.得山雨＼梅堯臣　015
54.畫眉鳥＼歐陽修　017
55.登飛來峰＼王安石　020
56.泊船瓜洲＼王安石　023
57.送春＼王令　026
58.六月二十七日望湖樓醉書＼蘇軾　029
59.惠崇春江晚景＼蘇軾　032
60.泗州東城晚望＼秦觀　034
61.還自廣陵＼秦觀　037
62.田家＼張耒　039
63.北窗＼黃庭堅　041
64.十七日觀潮＼陳師道　043
65.春遊湖＼徐俯　046
66.三衢道中＼曾幾　049
67.東馬塍＼朱淑真　052
68.宿新市徐公店＼楊萬里　055
69.小池＼楊萬里　057
70.小園＼陸游　060
71.月下＼陸游　063
72.四時田園雜興＼范成大　066
73.商歌＼羅與之　069
74.春日＼朱熹　071
75.題臨安邸＼林升　074

76.鄉村四月＼翁卷 076
77.村晚＼雷震 078
78.遊園不值＼葉紹翁 080
79.鶯梭＼劉克莊 082

第五篇　金元

80.客意＼元好問 086
81.白梅＼王冕 088
82.上京即事＼薩都剌 091
83.貞溪初夏＼邵亨貞 094

第六篇　明

84.北風行＼劉基 098
85.首夏山中行吟＼祝允明 101
86.田舍夜春＼高啟 103
87.由商丘入永城途中作＼李先芳 106
88.蕭皋別業竹枝詞＼沈明臣 109
89.夜泉＼袁中道 111
90.江宿＼湯顯祖 113
91.小車行＼陳子龍 115

第七篇　清

92.絶句＼吳嘉紀 120
93.真州絶句＼王士禛 122
94.舟夜書所見＼查慎行 124
95.養蠶詞＼繆嗣寅 126
96.所見＼袁枚 129
97.錦雲川＼畢沅 132
98.舟中＼吳錫麒 134
99.沙灣放船＼端木國瑚 136
100.村居＼高鼎 139

第四篇　宋

51.江上漁者[1]

范仲淹

江上往來人，
但愛鱸魚美[2]。
君看一葉舟[3]，
出沒[4]風波裡。

【作者】

范仲淹（989-1052），字希文，蘇州吳縣（今江蘇蘇州市）人，北宋著名政治家、軍事家、文學家。他少時家貧，但勤奮好學，中進士後做過副宰相等官職，素以天下為己任。曾領導「慶曆新政」，失敗後被貶外任，死於途中。范仲淹是北宋詩文革新運動的先驅，主張創作質樸的、反映社會現實的作品。他的詩、詞、散文都很出色，多抒發憂國憂民的情感，藝術上獨具風格。有《范文正公集》。

【注釋】
①漁者：指捕魚的人。
②但愛鱸魚美：但，只；愛，喜歡；美，指味道鮮美。
③君看一葉舟：君，你；一葉，多指稱小而單薄的船隻。
④出沒：在江中忽隱忽現。

【名句】

江上往來人，但愛鱸魚美。

【鑑賞】

這是一首反映漁民勞作艱辛的詩，表達了同情勞動人民的感情。詩歌語言淺顯，對比鮮明，感情強烈，引人深思，是膾炙人口的名作。

詩的第一句寫江岸上人來人往，熱鬧非凡，他們為著什麼而來呢？緊接著在第二句中交代原因，寫岸上人的心態，原來是為了美味的鱸魚而往來奔走。詩人口吻平和，似乎只是在陳述事實，卻用「但」字暗藏了問題：鱸魚是美的，可牠是怎麼來的呢？在平靜的敘述後，詩人筆鋒一轉，把人們的視線引向江面上，那小小的一葉漁舟，為了鱸魚正在驚濤駭浪中搏擊。宛轉地道出答案，留給人們深深的思考。以「出沒」、「風波」等詞描寫了漁民辛勤而艱苦的勞動場面，讚揚了漁民們勤勞勇敢的精神。而「江上」與「風波」兩種境遇的對比，飽含著詩人對漁民艱險的勞動境況的深刻同情，也對那些只知品嘗鱸魚美味的人表示了不滿和勸誡。

【今譯】

江岸上富貴的遊人來來往往，
只為了爭著把鮮美的鱸魚品嘗。
怎見那打漁人駕一葉小舟，
終日搏擊在驚濤駭浪。

52.雜詩①絕句

梅堯臣

渡水紅蜻蜓，
傍人飛款款②。
但知隨船輕③，
不知船已遠。

【作者】

梅堯臣（1002-1060），字聖俞，今安徽宣城人，北宋詩人。因宣城古稱「宛陵」，故世稱「宛陵先生」。梅堯臣的詩有風格平淡、意境含蓄的藝術特徵，善於以樸素自然的語言，描畫清麗新穎的景物形象，被稱為宋詩的「開山祖師」。有《宛陵先生文集》。

【注釋】
①雜詩：詩歌雜稿，將形式不一、創作時間地點不同的詩歌編輯在一起，統稱為「雜詩」。
②傍人飛款款：傍，靠著，伴著；款款：形容輕盈而舒緩地飛舞的樣子。
③隨船輕：隨著船兒輕快嬉鬧。

【名句】

渡水紅蜻蜓，傍人飛款款。

【鑑賞】

這首詩寫於慶曆八年，當時作者離開家鄉前往陳州，在旅途中寫下組詩《雜詩絕句》十七首，此詩是其中之一。詩歌描寫了作者在舟中的所見，表達了作者喜悅閒適的心情，也道出了一種特殊的微妙理趣。詩歌語言樸素自然，畫面清新明快，意境溫馨感人，在寫景中抒情說理，是著名的寫景佳作。

詩的前兩句描寫水上紅蜻蜓的生動情態。「紅」字色彩鮮豔明麗，正好映襯出作者內心的喜悅和興奮；「傍人」不僅可以看出紅蜻蜓與旅人的和諧相處，也寫出作者內心的欣喜和對紅蜻蜓的喜愛之情；「款款」二字，描摹紅蜻蜓輕盈徐緩的姿態，生動形象。後兩句抒情，流露憐愛的情意，也蘊含了深刻的哲理。蜻蜓一味地隨著船兒輕盈飛舞、自在嬉戲，卻不知道船漸行漸遠，早已沒了蹤跡。既是在寫紅蜻蜓的自在輕盈，也寫出作者閒適的心態，而且道出不經意間時光流逝、歲月已老的滄桑慨歎。

【今譯】

渡水時見一種紅色的蜻蜓，
伴著人飛來飛去，輕盈徐緩。
只知道隨著船身快樂地嬉戲，
卻不知船兒已漸行漸遠。

53.得山雨

梅堯臣

急雨射蒼壁[①]，
濺林跳萬珠。
山根水壅壑[②]，
漫竅若注壺[③]。

【注釋】

①蒼壁：青黑色的岩壁。
②濺林跳萬珠：這句是說林中飛濺的雨水像珍珠散落一樣。
③山根水壅壑：山根，山腳下；壅，本意為填塞，這裡指填滿；壑，山溝。
④漫竅若注壺：漫，漲滿；竅，洞穴；若，像……一樣。

【名句】

急雨射蒼壁，濺林跳萬珠。

【鑑賞】

這首詩寫山區突降暴雨的景象。詩歌用詞準確傳神，刻畫細緻入微，比喻形象巧妙，寫出了山區急雨的酣暢淋漓，是一首難得的寫雨佳作。

詩的前兩句運用貼切的比喻，生動形象地寫出了山間急雨猛烈、強悍的情態。「射」字和「跳」字用得極為傳神，寫山雨像飛箭一樣射出，又好像珍珠散落在林間，山雨的勢不可擋與蓬勃有力的特點躍然紙上。三、四句描寫山雨迅猛而激烈的特點。第三句寫急雨飛瀉，很快填滿了溝渠。其實，這場急雨填滿的不僅僅是溝渠，還給無數枯渴的心靈注入了奮發蓬勃的活力。第四句寫急雨漫過洞穴。作者通過「注壺」這樣一個精細小巧、極具生活色彩的比喻，把雨的盛大場面抒寫得氣勢雄渾。其實，一瀉千里的何止是這場急雨，作者磅礴無盡的詩意也隨之傾瀉而出，有力地感染了讀者。

【今譯】

驟雨像飛箭一樣射向蒼青的岩壁，
又好似珍珠散落在樹林中跳來跳去。
剎那間雨水漲滿山下的溝渠，
漫過洞穴像傾盡壺水一瀉千里。

54.畫眉鳥[1]

歐陽修

百囀千聲隨意移[2]，
山花紅紫樹高低[3]。
始知鎖向金籠聽[4]，
不及林間自在啼。

【作者】

歐陽修（1007-1072），字永叔，別號醉翁，廬陵（今江西吉安縣）人，北宋傑出的文學家，唐宋八大家之一。曾經做過樞密副使、參知政事等官，由於不畏權貴、正直敢言而多次被貶官降職。他年輕時就很有抱負，勤奮好學，後來終於成為當時文壇的領袖。他發起和領導的詩文改革運動，對掃蕩當時怪僻、浮華的文風，推動北宋文學的發展，發揮了巨大的作用。他在詩、詞、散文方面都有較高的成就，他的詩歌風格雄健，曉暢自然。有《歐陽文忠公集》。

【注釋】

①畫眉鳥：一種鳥類，背黃腹白，眼睛上方有眉毛似的白斑，鳴叫非常動聽。

②百囀千聲隨意移：百囀，形容鳥宛轉的叫聲；隨意移，隨著心意變化。

③樹高低：指畫眉鳥飛翔歌唱於高樹、低樹之間。

④始知鎖向金籠聽：始知，方才知道；鎖向，關到；金籠，指裝飾華麗的鳥籠。

【名句】

始知鎖向金籠聽，不及林間自在啼。

【鑑賞】

這是一首描述畫眉鳥在林間花叢自由歌唱的詠物詩，表現了作者對自由生活的讚美和嚮往之情。詩歌託物言志，結構嚴謹而渾然，語言委婉含蓄，描寫和諧自然，是詠物詩中的精品之作。

詩的第一句寫出了畫眉鳥變化多端的鳴叫聲和歡跳活潑的情態，形象真切動人。「百囀千聲」寫鳥鳴宛轉，興致盎然；而畫眉鳥之所以叫得如此動聽，如此熱烈，正因為牠是一隻自由的鳥，可以「隨意移」，這就為下文的議論提供了事實依據。第二句寫景，用有形之物來襯托無形之聲，山花有紅有紫，樹木或高或低，顏色和形態的變化，襯托了鳥鳴的自由。在此基礎上，在第三、四句裡，詩人通過讚頌畫眉鳥自由自在的歌唱，向我們展示了他心靈上的感悟：只有自由才能夠產生美，隱寓了詩人對自由生活的嚮往和追求。全詩四句，前兩句寫鳥鳴的美妙，是為寫感受做鋪墊；後兩句抒發內心感受，是思想的昇華。

【今譯】

宛轉的歌唱隨著心意變化多端，
自由來去呀歡跳在花叢樹林之間。
若把牠們關進了裝飾精美的鳥籠，
方知那歌聲遠不如在林中自在悠然。

55.登飛來峰①

王安石

飛來峰上千尋塔②，
聞說雞鳴見日升③。
不畏浮雲遮望眼④，
自緣⑤身在最高層。

【作者】

王安石（1021-1086），字介甫，臨川（今江西臨川）人，北宋傑出的政治家、文學家。他年輕時就懷有遠大的政治理想，做過宰相，領導過歷史上著名的「王安石變法」，失敗後退居江寧（今南京市），不久，便在悲憤中死去了。他在詩歌、散文方面很有造詣。他的詩表現了自己的政治見解和對人民的同情，有著鮮明的傾向性；風格雄健，語言犀利，常以散文句法入詩，在當時影響很大。有《臨川先生文集》。

【注釋】

①飛來峰：位於浙江杭州市西北靈隱寺前，但峰上並無高塔，本詩大約另有所指。
②千尋塔：形容塔很高；尋是古代的長度單位，一尋等於八尺。
③聞說雞鳴見日升：聞說，聽說；雞鳴，指雞叫時，即黎明時分；見日升，可以看見一輪紅日升起。
④浮雲遮望眼：浮雲，飄浮的雲彩；遮望眼，擋住遠望的視線。
⑤自緣：本因為。

【名句】

不畏浮雲遮望眼，自緣身在最高層。

【鑑賞】

這是一首藉描繪風景來抒發自己遠大政治抱負的詠志詩，詩人寫作此詩時年僅三十歲，正是大展宏圖的時候，從詩中也可以體會到他飛揚的意志和不避艱險、勇於革新的豪邁氣魄。

第一句寫作者所處地勢之高，飛來峰本就險峻，其上還有千尋高塔。既點出登遊地點，又藉峰險塔高寫出人所處位置之高。第二句仍是在寫站得高，卻用視線遼遠來反襯。寫飛來峰雄偉高峻，站在上面甚至能看到日升時的壯麗景象。詩人筆下所寫有所見，也有所聞，虛實結合，完全寫出了飛來峰那高聳入雲的氣勢。第三、四句寫自己身在塔的最高層，眼底的景物一覽無餘，浮雲又怎麼能把視線遮住？「不畏」兩字形象地揭示了「站得高方能看得遠」的道理，流露出登上飛來峰後喜悅和豪邁的心情。而「浮雲」也有一語雙關的用意，比喻那些對詩人的事業有所阻礙的奸邪小人。結句「身在最高層」比喻自己在政治上高瞻遠矚，表現出無所畏懼的寬闊胸襟。

【今譯】

飛來峰上啊有巍塔高聳，
黎明時可見紅日東升。
不怕浮雲擋住遠望的視線，
因為我高高站在塔的頂層。

56.泊船瓜洲①

王安石

京口②瓜洲一水間，
鍾山③只隔數重山。
春風又綠④江南岸，
明月何時照我還？

【注釋】

①泊船瓜洲：泊船，停船靠岸；瓜洲，在長江北岸，今江蘇揚州南面。

②京口瓜洲一水間：京口，在長江南岸，即現在的江蘇鎮江。一水間，指隔長江相望。

③鍾山：今南京市的紫金山。

④綠：吹綠了。

【名句】

春風又綠江南岸，明月何時照我還？

【鑑賞】

這是一首廣為傳誦的抒情小詩，寫詩人在月光下眺望江南的情景，描繪了江南的春景，抒發了思念家園千里盼歸的心情。詩歌用字講究，形象躍動，境界清遠，景與情有機結合，渾然天成，不露一點痕跡，讀後使人沉浸其中，餘韻不盡。

詩開篇從眼前景物入手，寫詩人站在長江北岸翹首南望，看到京口只是一水之隔，而家園所在的鍾山也只不過隔著幾座山巒。「數重山」是想像之詞，表現出詩人思歸的急切心情。第三句繼續寫景，以「又」字點出已是春天，描繪了長江南岸的秀麗春景。「綠」字是吹綠的意思，用得絕妙，歷來為人所稱道。「綠」不僅表明了春天的到來，而且形象地反映出春天到來給江南帶來的變化：遍野新綠，一派生機。這樣寫更能喚起人們對春天到來的鮮明的感受，也加深了詩人懷念家鄉的情思。最後一句中詩人的思緒由遠方回到眼前，既點明眼前正明月當空，又用疑問口吻，描繪出一幅富有詩意的歸家情景。至此，詩人深切的思鄉之情被表現得淋漓盡致。

【今譯】

鎮江和揚州啊一水隔斷，
南京城也不過翻越幾座山巒。
和煦的春風又吹綠了長江兩岸，
明月什麼時候才能照我回還？

57.送春

王令

三月殘花落更①開，
小簷日日燕飛來。
子規②夜半猶啼血，
不信東風③喚不來。

【作者】

王令（1032-1059），字逢原，廣陵（今江蘇揚州）人，北宋詩人。以教書為生，一生都在貧病交加中度過。他的詩歌多為唱答之作，描述自己的艱難生活，抒發孤高的志向，也有一些描寫和揭露當時社會現實的作品，想像獨特，風格豪放。有《廣陵先生文集》。

【注釋】

①更：又，重新。

②子規：即杜鵑，常在春天啼叫，其聲悲切，傳說啼叫最苦時會啼血。

③東風：春風，借指春天。

【名句】

子規夜半猶啼血，不信東風喚不來。

【鑑賞】

這首詩描寫暮春三月的景象，藉題詠樂觀執著的杜鵑，表達了惜春、戀春的情感，也抒發了作者堅定自信的生活態度和人生追求。詩歌語言婉麗，寓情理於景物，境界深沉，是送春題材中的名篇。

詩的前兩句寫暮春時節的景致。三月本是送春的日子，可花凋落了重又開放；屋簷上的燕子成天價穿梭往來。詩人淡筆勾畫出這個季節特有的景象，雖是暮春，卻沒有哀婉淒楚的情緒，反讓人覺得人生充滿了希望與生機。三、四兩句用擬人的手法，寫杜鵑在深夜裡執著地啼叫，堅信春天一定能被喚回。「猶」字表現了杜鵑信念的堅定執著，充分傳達出作者對杜鵑熱烈的讚美之情。「不信」二字以口語入詩，顯得堅定有力、信心百倍。詩人藉杜鵑啼喚春歸，抒發自己對春天的無比留戀之情；而塑造這樣堅定執著、樂觀向上的形象，是為藉此表達自己在困境中不改信念，仍堅持對生活的熱愛之情和對理想的執著追求。

【今譯】

三月裡花兒凋謝了，又綻開了新蕊；
小屋的簷上每日都見燕子飛去飛回。
夜深了癡情的杜鵑仍在高聲啼叫，
牠不相信美好的春天一去不歸。

58.六月二十七日望湖樓醉書[1]

蘇軾

黑雲翻墨未遮山[2]，
白雨跳珠[3]亂入船。
捲地風來忽吹散[4]，
望湖樓下水如天。

【作者】

蘇軾（1037-1101），字子瞻，號東坡居士，今四川眉山人，北宋著名的文學家、書畫家，唐宋八大家之一。他二十一歲時考取進士，早年因反對新法，屢次遭到貶斥。出任地方官期間，比較同情人民的疾苦，為百姓辦了不少有益的事情。他與父親蘇洵、弟弟蘇轍在當時文壇上都享有盛名，被並稱為「三蘇」。蘇軾學識淵博，多才多藝，在書法、繪畫、詩詞、散文各方面都有很高成就。他的詩詞氣勢磅礴，語言奔放，想像豐富，變化無窮，具有濃厚的浪漫主義色彩，對當時和後世的詩歌創作產生了深遠影響。著作有《東坡全集》一百餘卷。

【注釋】

①望湖樓醉書：望湖樓，在今杭州西湖旁，今樓為近年重建；醉書，即帶著醉意寫下。

②黑雲翻墨未遮山：黑雲翻墨，形容陰雲濃黑，像翻倒的墨汁一樣；未遮山，沒有把山遮住。

③白雨跳珠：形容白色的雨點像跳動的珍珠一樣。

④捲地風來忽吹散：捲地風，指翻捲到地面上的大風；忽吹散，忽然把烏雲吹散了。

【名句】

黑雲翻墨未遮山，白雨跳珠亂入船。

【鑑賞】

這首詩是詠西湖雨景的名作。當時詩人在望湖樓上飲酒，正逢樓外風雨大作，轉眼間天又放晴。作者目睹了自然界這一瞬間的急劇變化，用生動的筆墨形象地再現出來。通篇氣勢縱橫，大起大落，變化靈活。在詩人的筆下，本來靜止的西湖風光「活動」起來了，西湖雨景變成了一幅繪聲繪色、真實傳神的畫面。

詩的第一句寫雲，強調雲的黑濃和變化之快。以「翻墨」的比喻來寫黑雲壓城的氣勢，而「未遮山」正好寫出夏季雲雨的特點，片雲就能作雨。第二句寫雨。「跳珠」繪雨點飛濺的情景，生動形象；「亂入」二字寫雨點很密很急，沒有節奏。這些，都很生動地寫出夏天急雨的特點，與淅淅瀝瀝的春雨和纏纏綿綿的秋雨完全不同。第三句寫狂風席捲大地，忽然間把黑雲和驟雨都吹散了。「忽」字用在這裡，平中見奇，寫出了風的威勢。這幾句節奏跳躍，一個接著一個的鏡頭，頻頻閃現在讀者眼前，使人應接不暇，有力地烘托了暴雨驟起的壯觀場面。第四句緊承第三句，節奏卻變得舒緩，勾畫雨住風停、雲散天開之後西湖水面的明麗景象。與前三句所寫的動態景物互相映襯，各得其妙。而且，這樣佈景，能夠傳神地再現夏季大自然變幻莫測的特點。

【今譯】

烏雲像翻倒的墨汁還沒有遮住群山，
雨點像跳動的珍珠凌亂地撒向舟船。
忽而一陣捲地風起吹散了滾滾濃雲，
望湖樓下的水面依然那樣明淨、湛藍。

59.惠崇春江晚景[1] 蘇軾

竹外桃花三兩枝，
春江水暖鴨先知。
蔞蒿滿地蘆芽短[2]，
正是河豚欲上時[3]。

【注釋】

①惠崇春江晚景：惠崇，宋初詩僧，亦擅畫；春江晚景，惠崇的畫作，有《鴨戲圖》和《飛雁圖》兩幅，此詩為題《鴨戲圖》的詩。

②蔞蒿滿地蘆芽短：蔞蒿，一種生長在窪地的植物；蘆芽，即蘆葦的幼芽，可與蔞蒿同做烹煮河豚時的鋪料，味道鮮美。

③河豚欲上時：河豚，一種魚類，肉質鮮美，但是卵巢和肝臟有劇毒；上，指在市場上銷售。

【名句】

竹外桃花三兩枝，春江水暖鴨先知。

【鑑賞】

優秀的題畫詩，應既與原畫意境相融，又有獨立於畫外的生命力。這首詩正是如此。作者捕捉形象、選取景物的技巧非常高妙，寥寥數語，早春的風光便凸現於紙面。詩歌語言樸素清新，生活氣息濃郁，時時使人感到春光的美麗和生活的美好。

詩的前三句題詠畫面景物，描繪出一派早春風光，也準確捕捉到畫作的境界。第一句寫竹枝與桃花。「三兩枝」桃花點明了早春的景象特點；而把桃花安置在竹林之外，也構成紅與綠的顏色映襯，春色更顯嫵媚可愛。第二句極富動態感。春回大地，春江回暖，在水中嬉戲玩耍的鴨群最先感知。「先知」用得極好，它既表現出詩人對生活觀察的細緻，又緊扣「早春」，將畫面外的信息傳達給讀者。第三句仍寫早春景物：蔞蒿遍地都是，蘆芽欣欣向榮。以「短」字，寫出蘆芽初萌的狀態，恰到好處。第四句是由畫面景物引發的聯想。早春時，河豚由近海游入溫暖的江中產卵，正好可以捕撈。詩人的聯想符合所屬時令，又使南方風物之美的感覺越加濃厚。

【今譯】

竹林外桃花點點紅綠相映，
江水變暖了，鴨兒最先知情。
岸邊蔞草遍地，蘆葦剛剛吐出嫩芽，
這時節正是河豚將要上市的初春。

60.泗州東城晚望[1] 秦觀

渺渺孤城白水環[2]，
舳艫人語夕霏間[3]。
林梢一抹青如畫[4]，
應是淮流轉處山[5]。

【作者】

秦觀（1049-1100），字少游，號淮海居士，揚州高郵（今江蘇高郵市）人，北宋著名詩人，蘇門四學士之一。曾經在朝中做過小官，後來被貶降到偏遠地方，放任途中死在藤州（今廣西藤縣）。他善寫詩詞，是宋代婉約詞派的重要代表人物。他的詩和詞風格相近，清新秀麗，優雅含蓄。有《淮海集》、《淮海居士長短句》。

【注釋】

①泗州東城晚望：泗州，故城在今江蘇省盱眙縣東北淮河的邊上，清朝時已沒入洪澤湖；晚望，傍晚時向遠方眺望。

②渺渺孤城白水環：渺渺，迷茫遙遠的樣子；孤城，指泗州城；白水，即淮河。

③舳艫人語夕霏間：舳艫，原意是船頭船尾，這裡泛指大船；夕霏，傍晚時江面上的煙靄。

④林梢一抹青如畫：林梢，指樹林的梢頭；一抹，一片；青如畫，碧綠青翠，像畫一樣。

⑤淮流轉處山：淮流，即淮河；轉處山，意為淮水轉彎地方的青山。

【名句】

林梢一抹青如畫，應是淮流轉處山。

【鑑賞】

這首詩描寫了傍晚淮河邊上的秀麗景色。詩人運用白描的手法，由近及遠，形象地繪出了泗州城周圍的山光水色。全詩構思精巧，語言清麗，充滿了詩情畫意，是寫景詩中的上乘之作。

詩歌的前兩句寫近景。第一句寫傍晚時的泗州孤城，冷清孤寂。城下白水環繞，更增幾分迷茫。「渺渺」二字營造朦朧渺遠的氣氛，也緊扣「晚望」。「環」字準確生動，寫出了淮河的浩大壯美，也更加突出孤城的冷落和淒清。第二句寫夕陽霧靄中，晚歸的江船穿梭，送來若有若無的「人語」。這裡營造出一種溫馨的意境，充滿了詩情畫意。詩歌的後兩句寫遠景。第三句寫詩人向遠處的林梢眺望，只看見一片碧綠青翠。「一抹」二字格外輕巧可愛，似乎這青色只是大自然偶然塗抹的。可即使是隨意塗抹的青色，也如一幅淡墨水彩，那種盎然的生機彷彿使讀者的眼前也頓時開闊敞亮起來。看到那如畫卷般的青翠，詩人不由得展開聯想，想像那應該是淮河轉彎處的青山。以遠景收尾，境界變得開闊。

【今譯】

迷茫的泗州城四面白水環繞，
傍晚的霧靄中江船上笑語頻傳。
樹林梢頭露出一片碧綠青翠啊，
那裡大約是淮河轉彎處的青山。

61.還自廣陵①

秦觀

天寒水鳥自相依②，
十百為群戲落暉③。
過盡行人都不起④，
忽聞水響一起飛。

【注釋】
①還自廣陵：還，回來；自：從；廣陵，今江蘇揚州。
②自相依：互相依偎。
③戲落暉：戲：嬉戲；落暉，落日的光芒。
④起：起飛。

【名句】

天寒水鳥自相依，十百為群戲落暉。

【鑑賞】

這首詩描寫了冬日裡一幅和諧美好的動人圖景，寫出鳥的怡然自得，也寫出人與鳥的和諧相處。詩歌語言清麗，描寫細膩傳神，極富動感，是寫鳥詩中佳品。

詩的前兩句彷彿特寫鏡頭，展現了一幅溫馨動人的畫面：落日斜暉中，成群的水鳥有的相互偎依取暖，有的嬉戲玩鬧，既活潑又溫馨。一個「依」字，一個「戲」字，意境全出，我們彷彿看到夕陽下群鳥戲水那種自得其樂的神態，感受到了寒日裡難得的溫暖。第三句寫行人與水鳥和諧相處的場景，同時也把牠們旁若無人、自得其樂、優雅閒適的狀態刻畫得淋漓盡致。第四句筆鋒陡然一轉，寫水面聲響驚飛水鳥。詩人用清麗流暢的細緻筆觸，為我們描繪了一幅寒禽驚飛圖。這幅畫面充滿動感，可以想見，牠們扇翅齊飛的情形是多麼令人興奮。詩中展現的情景雖然比較常見，但是作者能夠用如此微妙的神思加以捕捉，並且寫得這樣有聲有色、生機盎然，實屬難能可貴。

【今譯】

天涼了，團團水鳥相偎相依，
一群群在落日的餘暉下嬉戲。
行人經過絲毫不為所動，
忽然間轟一聲全都飛去。

62. 田家

張耒

門外清流繫野船①，
白楊紅槿②短籬邊。
旱蝗千里秋田淨，
野秫蕭蕭③八月天。

【作者】

張耒（1054-1114），字文潛，號柯山，楚州淮陰（今江蘇淮陰）人，北宋詩人，蘇門四學士之一。他的詩風格平易自然，不事雕琢。有《柯山集》、《柯山詩餘》等。

【注釋】
①清流繫野船：清流，指河水；野船，指鄉村小船。
②紅槿：一種野生灌木，常種在宅前屋後。
③野秫蕭蕭：野秫，野高粱；蕭蕭，形容稀疏的樣子。

【名句】

旱蝗千里秋田淨，野秫蕭蕭八月天。

【鑑賞】

這首詩描寫農村旱蝗災情，表達了對勞動人民的深切同情。詩歌語言冷寂質樸，情感深沉，讀後讓人難以平靜。

詩的前兩句寫村莊的荒涼景象。無人的野船停泊在清清河水邊，荒涼的村莊裡只有白楊紅槿。「繫」字是個比較生硬的動詞，看似平淡，實際上卻含有深意。可以想像，這船已經很久沒有人使用了，顯出孤獨和寂寞，而「野」字也更加突出了村莊的荒涼和慘澹。八月的村莊裡本來應該人來人往，但是卻唯獨不見人影，只是見到白楊、紅槿和短籬笆這些荒寂的景物。白楊、紅槿可見蒼白和荒頹；短籬可見蕭索，災後的村莊顯現令人心酸的破敗。三、四句寫田野受災的境況。「千里」是在說旱蝗之多；「淨」是說旱蝗肆虐後，莊稼被破壞的情形。詩句沒有使用一個動詞，但是我們完全可以想像蝗蟲所到之處，田野荒蕪、莊稼顆粒無存的慘狀。「蕭蕭」用詞淒涼，本應是稻穀遍野的豐收時節，可是只有稀疏的野高粱在風中蕭蕭舞動。田野的荒涼不堪被抒寫到了極致。

【今譯】

門外河畔停放著孤獨的小船，
白楊、紅柳環繞在低矮的籬笆牆邊。
蝗蟲遍地啊田裡莊稼顆粒無收，
野高粱稀疏，一個荒涼的秋天。

63.北窗

黃庭堅

生物趨功日夜流[1]，
園林才夏麥先秋[2]。
綠陰黃鳥北窗簟[3]，
付與來禽安石榴[4]。

【作者】

黃庭堅（1045-1105），字魯直，號山谷道人，又號涪翁，洪州分寧（今江西修水）人，北宋詩人、書法家。蘇門四學士之一，盛極一時的江西詩派的開山祖師之一。黃庭堅的詩多抒發個人志向，也有少量反映社會現實的作品，風格瘦勁險峻，稱「山谷體」。有《山谷集》。

【注釋】

①生物趨功日夜流：生物，自然萬物；趨功，競相生長；日夜流，指江水日夜奔流。

②園林才夏麥先秋：才夏，剛進入夏天；麥先秋，麥子先迎來了秋天，即到了收穫季節。

③簟：竹席，詩中指綠草叢。

④付與來禽安石榴：付與，交給，留給；來禽，即沙果，俗名花紅，果實甘甜；安石榴，即石榴，因產自西域安息國而得名。

【名句】

生物趨功日夜流，園林才夏麥先秋。

【鑑賞】

這是一首含蓄深刻的哲理詩。全詩語言亮麗明快，寓哲理於景物中，帶給讀者豐富的想像和深沉的思考。

詩的前兩句生動形象地寫出了萬物生長的規律和歲月流轉的情形。第一句寫自然界的普遍規律：植物的開花、結果，動物的成長、繁衍，彷彿都有各自的追求目的，就像長江大河日夜奔流，這是不以人的意志為轉移的。第二句寫自然萬物的變化、發展，在某一時期又有各自的特點，有盛有衰。一個「才」，一個「先」，生動地寫出了生物在代謝變化中的差異，其中也包含著詩人的一番感慨：自然界是如此，人世間又何嘗不是如此！第三句緊承第二句，寫北窗外啼叫的黃鶯，既點明了題目，又使全詩增加了活躍的動感和靈動的情趣。第四句緊承上句，表述一種萬物更替、各領風流的普遍哲理，就像那鳴叫的黃鶯最終還是會被花紅和石榴代替。說出自然與人世間不以人力逆轉的規律，表達了詩人泰然自若接受變化的心態。

【今譯】

萬物生長自有規律，像那江河日夜奔流；
錦繡的園林剛剛入夏，小麥卻到了收穫的時候。
窗外綠樹叢中黃鶯依舊在宛轉地啼叫，
卻不知代替牠的已是那花紅和石榴。

64.十七日①觀潮

陳師道

漫漫平沙走白虹②，
瑤臺③失手玉杯空。
晴天搖動清江底④，
晚日浮沉急浪中⑤。

【作者】

陳師道（1053-1101），字無己，一字履常，號後山居士，彭城（今江蘇徐州）人，北宋詩人。蘇門六君子之一，江西詩派重要作家。他以苦吟著名，在語言和技巧上很下功夫，但詩意艱深，內容較為狹窄。有《後山先生集》。

【注釋】

①十七日：農曆八月十七、十八日，是錢塘江潮最為壯觀的日子。
②漫漫平沙走白虹：漫漫，遼遠無際；平沙，指江邊平坦的沙灘；走，奔跑，滾動；白虹，是說江潮捲起浪花，宛如白虹一般。
③瑤臺：神話傳說中指天上神仙居住的地方，用玉砌成。
④晴天搖動清江底：晴天，指倒映在江中的藍天；清江底，清澈的江底。
⑤晚日：指倒映在江中的落日。

【名句】

漫漫平沙走白虹，瑤臺失手玉杯空。

【鑑賞】

浙江的錢塘江大潮是著名的景觀，每年農曆八月十六到十八日最為壯觀。詩人在題目中注明十七日，正是為了強調江潮的雄偉壯麗。詩歌語言精妙華美，想像豐富奇特，氣勢雄渾磅礴，讀來使人身臨其境。

詩的第一句寫潮水襲來時的情狀。它像一道奔騰的白虹，瞬間就漫遍了大江兩岸無邊的沙灘。「漫漫」二字表面寫沙灘的廣遠無際，實際上是在襯托潮水的來勢洶湧和浩淼壯闊。把潮水比喻成白虹，足見潮水凌空奔湧的磅礴氣勢；同時，也為下文的奇妙想像做了很好的鋪墊。第二句寫潮水掀起的水波浪花，彷彿是天上的玉杯傾瀉而下，濺起無數碎銀玉屑。這個絕妙的比喻，不僅描繪出潮水彷彿自天上來的神奇壯美，又賦予潮水無窮的神祕色彩，叫人生心無限遐想。三、四兩句寫滿江湧動的潮水的力量，它撼動了倒映其中的天地日月，讓天空和晚日也隨著起落浮沉，奔湧向前。作者運用浪漫主義手法和豐富奇特的想像，通過瑤臺傾酒的幻想，借助「晴天」和「晚日」這兩個美好意象的烘托，寫出了錢塘江潮特有的雄偉氣勢，把秋日潮湧的壯麗景色渲染得十分生動壯麗，極有氣勢和力量。

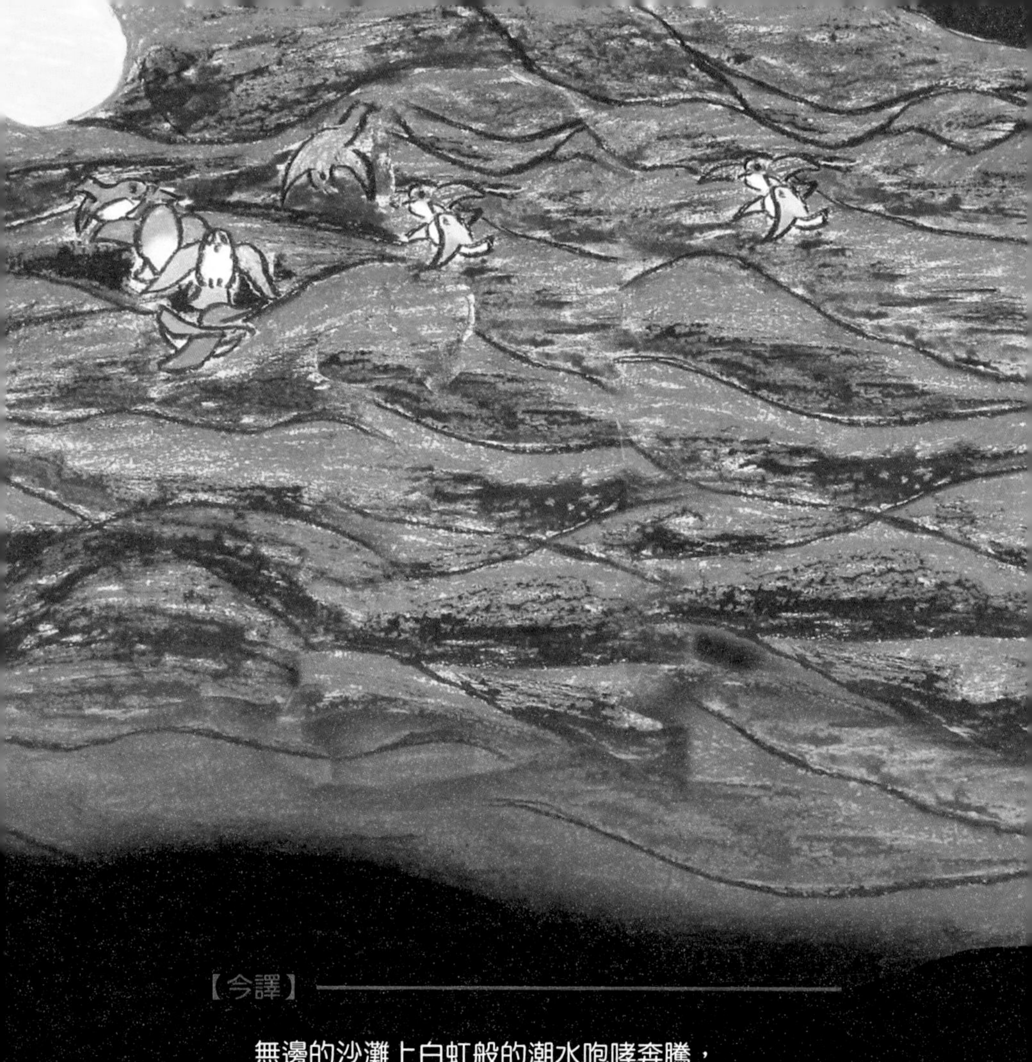

【今譯】

無邊的沙灘上白虹般的潮水咆哮奔騰，
恰似瑤臺神仙失手把玉杯中的瓊漿傾盡。
湛藍的天空在清澈的江底飄忽搖盪，
美麗的夕陽在洶湧的浪濤裡上下浮沉。

65.春遊湖 徐俯

雙飛燕子幾時回[1]？
夾岸桃花蘸水開[2]。
春雨斷橋人不渡[3]，
小舟撐出柳陰來。

【作者】

徐俯（1075-1141），字師川，號東湖居士，洪州分寧（今江西修水縣）人，北宋詩人。曾擔任過端明殿學士、參知政事等官職。他的詩平易自然，表現細膩，有自己的特色。

【注釋】

①幾時回：不知道什麼時候回來。

②夾岸桃花蘸水開：夾岸，即兩岸；蘸水開，意思是花枝橫斜觸及水面，看去好像是蘸著水開放的。

③春雨斷橋人不渡：意為春雨淹沒了橋面，人不能走過去。

【名句】

春雨斷橋人不渡，小舟撐出柳蔭來。

【鑑賞】

這首詩寫的是詩人在湖邊春遊時所見的動人景色。詩中，作者用形象的筆觸為我們勾勒出一幅水鄉春天的動人圖畫：這裡有嬌豔的桃花，有蔥翠的楊柳；有雙飛的燕子，有擺渡的小舟；有盈盈的春水，有被水淹沒的斷橋。畫面十分明麗，流露出無比喜悅的心情。

詩的第一句很新穎，不落俗套，可以感受到詩人意外的喜悅。燕子來臨，自然意味著春天來臨，而且是在不知不覺中來臨的。接著，詩人的視線被翻飛的燕子導引，看到了岸邊的桃花。這桃花很別致，它彷彿是蘸水開放的。「蘸水」

非常生動，寫春來水漲，而桃花臨水照影，彷彿岸上水中連成一片，嫣然姿態令人心動。第三、四句似平地見山，平靜敘述中藏了波瀾。詩人信步漫遊，一路春光水景美不勝收。可誰知春雨過後，春水漲滿小橋，這下不能往前走了。詩人心中的沮喪可想而知。誰知就在這時，一隻小舟從柳蔭中緩緩撐出。如此寫法真是神來之筆，全詩氣韻為之飛揚。而這首詩的高妙之處在於構思新巧，詩中沒有一個「遊」字，卻時時給人以「遊」的動感。

【今譯】

雙飛的燕子啊何時從南方飛回？
兩岸的桃花呀像蘸著湖水盛開。
雨水淹沒了橋面，使得遊人難渡，
忽而一隻小船從柳蔭中搖了出來。

66.三衢[①]道中

曾幾

梅子黃時[②]日日晴，
小溪泛盡卻山行[③]。
綠蔭不減來時路，
添得黃鸝四五聲。

【作者】

曾幾（1084-1166），字吉甫，號茶山居士，贛州（今江西贛州市）人，南宋詩人。曾幾為人正直，學識淵博，是大詩人陸游的老師。曾幾詩多唱和應答之作，風格清雅淡遠。有《茶山集》。

【注釋】

①三衢：即衢州，今浙江衢州市，因境內有三衢山而得名。

②梅子黃時：指農曆五月，梅子成熟時節。

③泛盡卻山行：泛，乘船；盡，指船行到了小溪的盡頭；卻，再，又。

【名句】

綠蔭不減來時路，添得黃鸝四五聲。

【鑑賞】

這是一首記遊小詩，描寫了初夏時節詩人在三衢山中旅行的情景。詩歌層次井然，語言天然，勾畫出初夏優美的風光畫卷，流露出無限喜悅的心情。

詩的第一句點明時節。梅子產於江南，一般梅子成熟的五月大都陰雨連綿，被稱作「梅雨季節」。詩中卻講「日日晴」，說明天公作美，旅遊時機正好，也給夏日景色增添了明媚的色調，表露出作者喜悅的心情。第二句寫遊覽路線。「盡」字後加一「卻」字，寫作者興致勃勃，先泛舟溪中，又流連山景而忘返。三、四句寫山行見聞。有山有水，有聲有色，色彩鮮明，節奏輕快，讀來彷彿自己也在伴隨詩人一同遊覽，給人身臨其境的感覺。綠陰不減，還像溪行路上那樣清幽，又添了黃鸝的鳴叫聲。這叫聲不多，只「四五聲」，卻越加襯托出了山林的寂靜。詩歌的重點是後兩句，以山行和泛溪做比較，寫綠蔭，是從視覺寫的；寫黃鶯，是從聽覺寫的。較之溪行時，其幽美程度又加深了一層，而作者遊覽時輕鬆愉快的心情躍然紙上。

【今譯】

初夏時節每日都是萬里晴空，
乘船渡過小溪沿著山道前行。
綠樹成蔭伴我一路走來，
又多了幾聲黃鶯的啼鳴。

67.東馬塍① 朱淑真

一塍芳草碧芊芊②，
活水穿花③暗護田。
蠶事正忙農事急，
不知春色為誰妍④？

【作者】

朱淑真，生卒年不詳，南宋初年時在世，號幽棲居士，錢塘（今浙江杭州）人，宋代女詞人。生於官宦家庭，少有才名，能文善畫，精通音律；相傳因婚姻不如意，抑鬱而終。她的詩詞多描寫個人生活，有很多幽怨感傷的作品。有詩集《斷腸集》、詞集《斷腸詞》。

【注釋】

①東馬塍：地名；塍，田間小路。

②芊芊：草木茂盛的樣子。

③活水穿花：活水，指流動的水；穿花，穿過花叢。

④妍：美麗。

【名句】

蠶事正忙農事急，不知春色為誰妍？

【鑑賞】

這首詩是朱淑真少數格調明朗的作品之一，描繪了農村農事繁忙，一派欣欣向榮的景象，表達了作者內心的喜悅，也包含對勞動人民的同情之感。詩歌語言生動，筆調明快，讀來親切自然。

詩的前兩句寫秀麗的農村風光，田埂上有茂盛碧綠的青草，彷彿給讀者的內心注入無邊的清涼；花叢下潺潺的溪水，守護著萬家農田。「芊芊」這個疊詞的使用非常生動活潑，既具有音韻和諧的美感，又展示了春草無窮的生命力；而「穿」字有力地寫出了「活水」的蓬勃生機；「暗護」二字，使活水具有了擬人化的特質，十分善解人意而靈動溫柔。第三句寫農民辛勤的忙碌。這麼美好的春光，正適宜農民播撒希望，所以蠶事也急，農事也忙。第四句採用反問的修辭手法，筆鋒一轉開始抒發自己的感慨。只知道辛勤勞作的勞動人民是沒有空閒，也沒有心情去欣賞這大好春光。那麼，有時間去欣賞春光的會是些什麼人呢？詩外含意不言而喻。

【今譯】

田間小道上綠草如茵，茂盛連綿；
溪水穿過花叢默默地守護著田園。
正是養蠶種田的大忙時節，
有誰顧得上去欣賞春光的嬌妍？

68.宿新市徐公店①

楊萬里

籬落疏疏一徑深②，
樹頭花落未成陰③。
兒童急走④追黃蝶，
飛入菜花無處尋。

【作者】

楊萬里（1127-1206），字廷秀，號誠齋，吉州吉水（今江西吉安市）人，南宋傑出詩人，與尤袤、范成大、陸游齊名，並稱為「南宋四大家」。楊萬里一生正直敢言，關注國家安危，關心人民疾苦，在其詩作中也多有體現。他的詩歌構思精巧，明暢自然，幽默風趣，自成一體，世稱「誠齋體」。他是中國歷史上最多產的詩人，一生寫詩二萬多首，保存下來的就有四千多首。有《誠齋集》。

【注釋】

①新市徐公店：新市，在今湖南省攸縣北；徐公店，即徐家客店。
②籬落疏疏一徑深：籬落，籬笆；疏疏，稀疏的樣子；一徑，一條小路；深，幽深。
③未成蔭：是說樹葉還沒有長得濃密茂盛。
④急走：急急忙忙地奔跑的意思。

【名句】

兒童急走追黃蝶，飛入菜花無處尋。

【鑑賞】

這首詩描寫農村暮春的景致，著意描繪了兒童撲蝶的生動情景。詩歌語言清新明快，情趣生動盎然，讀後給人以美的享受，是一首描寫田園風光和兒童生活的難得的好詩。

詩的前兩句是靜態描寫，描寫了徐公店外自然野趣的風光。疏落的籬笆、幽深的小路、落花的枝頭、稀疏的樹葉，一一點染，瀰漫暮春時節特有的靜謐氣息，從中可以體會到詩人寧靜的心緒。三句由靜景轉為對人物活動的描寫，刻畫了孩子撲蝴蝶的有趣場面。「急走」而「追」，頑皮兒童追逐黃蝶天真可愛的神情宛然可見，真實而生動。第四句寫黃蝶藏入黃花，遍地金黃，菜花好像也變成了可愛的黃蝴蝶。分辨不清，找尋不到，這下可讓追蝶的孩子為難了。我們彷彿看到那個撲蝶的孩子正站在田頭呆呆出神，他稚樸的情態躍然紙上。

【今譯】

籬笆稀疏啊小路幽深，
樹上花已凋謝，樹葉卻不繁盛。
孩童奔跑著追逐黃色的蝴蝶，
飛入菜花叢中，哪裡去找尋。

69.小池 楊萬里

泉眼無聲惜細流[1]，
樹蔭照水愛晴柔[2]。
小荷才露尖尖角[3]，
早有蜻蜓立上頭。

【注釋】

①泉眼無聲惜細流：泉眼，泉水的出口；惜，珍惜、愛惜；細流，細小的水流。惜細流是說泉水細細地流著，好像泉眼很珍惜水流一樣。

②照水愛晴柔：照水，指樹蔭映照在水面上；愛，喜歡；晴柔，形容晴天明媚柔和的風光。

③尖尖角：形容新生的荷花尖尖的形狀很像犄角。

【名句】

小荷才露尖尖角，早有蜻蜓立上頭。

【鑑賞】

這首詩描寫初夏時節荷花池塘的景色。詩人抓住了「泉眼」、「樹蔭」、「小荷、「蜻蜓」等物像，加以形象化的表現，為我們展示出了一派恬靜而富有生氣的夏日荷塘美景。詩人對生活觀察細緻，構思新穎，又融進了自己的感情，所以，雖是些日常生活中的平凡景物，卻寫得生動、真切而又妙趣橫生，使讀者也不由得沉浸在美好的自然景物之中，流連忘返了。

詩的前兩句描繪出小池全貌，展現一派小巧恬靜、清麗柔美的初夏風光。一「惜」一「愛」兩個動詞，把景物人格化：細流涓涓是緣於泉眼的愛惜，樹影照水是因為喜愛明媚的風光。在作者筆下，自然界處處有情。三、四句作者捕捉到瞬間的細節：荷花初生，剛剛將嫩嫩的花苞伸出水面，就有活潑的蜻蜓迫不及待地停駐在上面。「尖尖角」形容荷花初生時的樣子，非常生動形象；「才露」、「早有」呼應，

寫蜻蜓急於站立「尖尖角」上，彷彿是被亭亭玉立的荷花吸引來的。這兩句從小處著眼，展現小池柔和精緻的景色，充滿勃勃生機，詩人對生活的熱愛之情也體現無遺。

【今譯】

泉眼不聲不響淌出了涓涓細流，
樹影映照水面，是喜歡晴日的明麗、輕柔。
新生的荷花剛剛露出尖尖的小角，
活潑的蜻蜓就已飛落在它的上頭。

70.小園 陸游

村南村北鵓鴣[①]聲，
水刺新秧漫漫平[②]。
行遍天涯千萬里，
卻從鄰父[③]學春耕。

【作者】

陸游（1125-1210），字務觀，號放翁，山陰（今浙江紹興市）人，南宋傑出的愛國詩人。他的一生處於外族入侵、國家動亂、民生塗炭的嚴重關頭，自幼飽嘗逃亡流離之苦，曾經到過抗金前線，參加過抗金部隊。這些經歷進一步激發了他的愛國熱情，豐富了他的文學創作。陸游具有多方面的文學才能，寫作了大量同情民間疾苦，反對屈辱投降，充滿愛國激情的詩篇。他的詩作流傳下來的就有九千三百多首，這些詩歌雄渾豪放，情詞並茂，自成一體，對後世影響很大。有《劍南詩稿》、《渭南文集》等。

【注釋】

①鵓鴣：一種鳥，羽毛黑褐色，天要下雨或剛晴的時候，常在樹上咕咕地叫。

②水刺新秧漫漫平：水刺，以水灌溉、澆注；新秧，剛插好的秧苗；漫漫，形容水流平緩的樣子；漫漫平，指灌滿了秧田。

③從鄰父：從，跟隨；鄰父，指家鄉父老。

【名句】

行遍天涯千萬里，卻從鄰父學春耕。

【鑑賞】

這首詩寫於作者罷職回到家鄉山陰後。作者隱居山野，過起了農村生活，卻時刻不忘國家憂患，表達了他深沉的愛國情感。詩歌語言沉鬱，構思高妙，蘊含深刻感情，讓讀者也生發出無限感慨。

詩的前兩句寫景。詩人在鵓鴣聲聲中，靜靜注視著秧田水滿，營造出寧靜、平和的氛圍，也是作者退居家鄉後努力找尋的境界。但是，越是和諧、安寧的景致，越是折射出作者內心的洶湧激蕩：一向胸懷國家，志在天下，卻不得不局限於小小的村莊，作者內心的憂憤可想而知。第三句寫作者一心報國的艱難經歷。詩人早年曾積極奔走呼喊，願為抗金報國貢獻力量，但屢受挫折打擊。這是詩人個人的悲哀，也是國家和民族的悲哀。「行遍」二字，讀來令人心酸不已；「天涯」二字更添一層無奈和傷感。第四句是感慨，滿腔熱忱為國奔走，卻只能和家鄉父老學做春耕，包含了作者深深的無奈和自嘲，自然地生發出不能夠為國家分憂的憂憤和悲苦。全詩沒有直接抒情，詩人愛國的一片丹心卻清晰可見，情感深摯之處令人動容。

【今譯】

村南村北傳來鵓鴣聲聲，
水注新秧，灌滿了整個田壟。
千萬里走遍天涯尋求報國，
到頭來卻跟隨家鄉父老學習務農。

71.月下

陸游

月白[1]庭空樹影稀，
鵲棲不穩[2]繞枝飛。
老翁也學癡兒女[3]，
撲得流螢露濕衣。

【注釋】

①月白：形容月色皎潔。
②鵲棲不穩：形容烏鵲落下又飛起的樣子。
③老翁也學癡兒女：老翁，指詩人自己；癡兒女：暱稱，傻孩子之意。

【名句】

月白庭空樹影稀，鵲棲不穩繞枝飛。

【鑑賞】

詩人以清新的筆觸勾畫出靜謐的月下景致。詩歌語言自然，意境動人，情感微妙而細膩，給人以無限的遐想和真切的美感。

詩的前兩句寫景。第一句寫月光照耀下的庭院和樹影。「白」字寫出了月光的皎潔；「空」字突出了庭院的深幽和空曠；「稀」字則刻畫了樹影的疏落。泛白的月光、空寂的庭院和斑駁稀疏的樹影，營造出寧靜而安詳的境界，似乎也有些淡淡的冷寂在其中。第二句是動態描寫，作者給了喜鵲一個特寫鏡頭。寫喜鵲想找一處樹枝來休憩，豈料樹枝稀疏，不能踩穩，因而繞枝亂飛。月下的寧靜被上下翻飛的喜鵲打破，使畫面有了幾許動感。這裡作者蘊含深意，藉喜鵲無枝可棲來表達自己鬱鬱不得志的感慨。面對殘酷的現實，作者能做的只有艱難等待。但是，與其痛苦地等待，還不如快樂些、放達些。自然接入第三、四句，寫詩人放下胸中抑鬱，學天真的孩童爭相撲捉流螢。露水與飛螢，在月色映照下，躍動瑩瑩光澤，使畫面充滿靈動，自然吸引作者欣然加入其中，即使衣襟被露水打濕也不在意，盡情享受這份童真和爛漫。

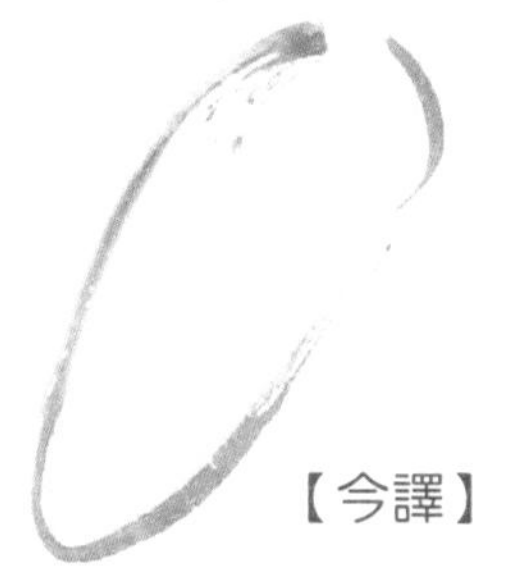

【今譯】

月光皎潔，庭院深深，樹影零散疏稀；
喜鵲落下驚起，繞著樹枝飛來飛去。
我這老翁禁不住也學那幼稚的孩童；
捕到了流螢，卻弄得個露水濕衣。

72.四時田園雜興[1]

范成大

晝出耘田夜績麻[2]，
村莊兒女各當家[3]。
童孫未解供耕織[4]，
也傍桑蔭[5]學種瓜。

【作者】

范成大（1126-1193），字致能，號石湖居士，吳郡人（今江蘇蘇州市）人，南宋著名詩人。做過地方知府和參知政事等官。曾經出使金國，與金抗爭不屈，幾乎被殺掉。晚年隱居家鄉石湖。他懷有報國理想，同情人民疾苦，這些都在他的詩中得到了反映。他的詩取材廣泛，風格清麗，語言樸實，有濃厚的生活氣息，他所作田園詩尤為著名。有《石湖詩集》。

【注釋】

①四時田園雜興：四時，四季；雜興，指有感而發、隨事吟詠。

②晝出耘田夜績麻：晝出耘田，白天出去到田間除草；耘，除草；績麻，打麻繩或撚麻線，詩中泛指紡線、織布一類活計。

③村莊兒女各當家：村莊兒女，指村裡的年輕人們；各當家，各自都承擔一定的家務或生產勞動。

④未解供耕織：未解，不懂得，不會；供，從事，參加；耕織，指耕田、織布等勞動。

⑤傍桑蔭：傍，靠，挨著；桑蔭，桑樹的樹蔭下。

【名句】

童孫未解供耕織，也傍桑蔭學種瓜。

【鑑賞】

作者晚年隱居家鄉時，以「四時田園雜興」為題寫下一組詩歌，共六十首，分別描寫了春、夏、秋、冬四季的農村生活與風土人情，也抒發了自己的感想，風格明朗自然，充滿民歌韻味，成就很高。這首詩是其中之一，描寫了農村緊張的勞動生活，讚揚了農民勤勞淳樸的美德。全詩活潑明快，自然流暢，給人以清新之感，讀來興味盎然。

詩的前兩句描寫了鄉村男耕女織、早晚不閒的勞動場面：清早起來就要出去耕田，傍晚回家還要繼續織麻紡布，為了生活日夜操勞。詩人稱村中的年輕人為「兒女」，是以長者的口吻表達，既包含對晚輩的慈愛與包容，也道出自豪和幸福的情感。「各當家」說明村莊裡每個人都是幹農活的好手，寫出和諧愉快、井然有序的勞動場面。三、四兩句刻畫了村童的天真可愛。因為年幼，他們不懂得耕田、織布，可也在那裡模仿成人，在桑樹下學著種瓜。「傍」、「學」兩字，生動地寫出兒童活潑好動、善於模仿、熱愛勞動的可愛情態和天真情趣。這些情節既反映出農家人勤勞淳樸的本色，又充滿著濃厚的生活氣息，沒有對農村生活的真實體驗，是無法寫出的。

【今譯】

白天到田間除草，夜晚要織布紡紗；
鄉村的男男女女各管一行，沒有閒暇。
孩童們還不懂從事耕田、織布的勞動，
也蹲在桑樹下模仿成人學著種瓜。

73.商歌①

羅與之

東風滿天地，
貧家獨無春。
負薪②花下過，
燕語似譏③人。

【作者】

羅與之，生卒年不詳，字與甫，一字北涯，自號雪坡，吉州螺川（今江西吉安）人，宋代詩人。他的詩多抒情寫景，精巧雋永，蘊含哲理。有《雪坡小稿》。

【注釋】
①商歌：指悲涼的歌，多表達淒涼不平之意，為樂府詩題。
②負薪：負，背負；薪，柴火。
③譏：嘲笑。

【名句】

負薪花下過，燕語似譏人。

【鑑賞】

這是一首抒發對勞苦人民的同情和憐憫的詩，是一首現實主義的佳作。

第一句寫春風帶來滿眼綠色。一個「滿」字鮮明生動，讓人充分感受到了春天的氣息。接下來的一句卻使人感到現實的殘酷。春天本是大公無私的，它把春光灑向每一個人，可是在現實中，那些貧窮的人卻彷彿仍然身在冬天。一個「獨」字鮮明有力，把貧苦人排斥在春天之外。是春風偏偏對窮苦人格外吝嗇嗎？當然不是，是因為那些為了生計忙碌的人們根本無暇享受春天的溫暖。三、四兩句把對窮苦人民的同情和憐憫推向了極致。為了養家糊口，他們不得不整天背負沉重的柴薪。雖然從「花下過」，他們卻沒有也根本不會有欣賞春光的閒情逸致。連那些在花間流連低飛的燕子，也好像在譏笑他們不懂得珍惜這美好的春光。這情景和那些踏青賞花的富人形成了鮮明的對比，讓人倍感辛酸。

【今譯】

東風吹過，大地已經綠遍，
唯獨貧寒人家見不到春天。
你看那背負薪柴的窮人從花下經過，
燕子呢喃也彷彿嘲笑他的可憐。

74.春日

朱熹

勝日尋芳泗水濱[①]，
無邊光景一時新[②]。
等閒識得[③]東風面，
萬紫千紅總是[④]春。

【作者】

朱熹（1130-1200），字元晦，號晦庵，別稱「紫陽」，徽州婺源（今江西婺源）人，南宋著名哲學家、教育家，是宋代理學的集大成者。他的詩多蘊含哲理，有不少佳作。

【注釋】

①勝日尋芳泗水濱：勝日，指天氣晴朗的日子；尋芳，賞花觀景；泗水，河名，流經山東曲阜一帶；濱，水邊。

②一時新：一時，一下子；新，煥然一新。

③等閒識得：等閒，輕易，隨便；識得，感受到。

④總是：都是。

【名句】

等閒識得東風面，萬紫千紅總是春。

【鑑賞】

這首詩寫的是作者春天所見到和感受到的美好情景。詩歌語言清新，寓哲理於寫景中，讀來令人振奮，讓讀者彷彿嗅到了花的芬芳，感受到了強烈的春的氣息，自然生發出對春天的無比熱愛。

詩的第一句點明出遊的時令和地點。「勝日尋芳」透露出春天的氣息，天氣晴好，適合「尋芳」並且有芳可尋。想必吸引作者前往泗水邊探尋的，一定是非常迷人的春景。第二句緊接前文，勾畫出大地回春帶來的變化。「一時新」，準確形象，寫春天充滿生機和力量，令世界煥然一新，也令人耳目一新。第三、四句進一步寫作者春遊時的感受和印象，含蓄地寫春風吹開百花，帶來無邊的春色，令人讚賞。「萬紫千紅」是對整個春天準確而形象的描繪，具有總結性的意義。是議論，加深了人們對春的認識；又是抒情，抒發了作者熱愛春天的感情。詩歌雖然是在寫泗水遊春，但並沒有局限於此，而是把無邊的春色，鎔鑄在精煉的語句中。不僅如此，還賦予詩歌以深刻的哲理。這種哲理，用我們現在的話講就是：只要心中盛滿希望，到處都是春暖花開。

【今譯】

朗朗晴日來到泗水河邊賞景，
無限風光早已是煥然一新。
到處都可以感覺到春風的氣息，
是它把春天裝點得萬紫千紅。

75.題臨安邸[①] 林升

山外青山樓外樓，
西湖歌舞幾時休[②]？
暖風熏得遊人醉，
直把杭州作汴州[③]。

【作者】

林升，生卒年不詳，字夢屏，平陽（今屬浙江）人，南宋詩人。

【注釋】

①臨安邸：臨安，今杭州市，宋朝南渡後定都於此；邸，客棧，旅店。
②休：停止，甘休。
③直把杭州作汴州：直，簡直；汴州，即汴梁（今河南開封市），北宋京城。

【名句】

暖風熏得遊人醉，直把杭州作汴州。

【鑑賞】

這是一首諷喻詩，題寫在臨安城一家旅店的牆壁上。詩中對南宋君臣的苟且偷安、醉生夢死進行了大膽的諷刺，表達了詩人的憤慨之情和對國家前途命運的深沉憂慮。詩歌感情濃重，蘊意深厚，語言含蓄，耐人尋味，是諷喻詩中的傑作。

第一句描寫臨安城的景色。連用兩個「外」字，寫出了臨安青山重疊連綿、亭臺樓閣鱗次櫛比的景象，但是作者並不是讚歎杭州的繁華，恰恰相反，是在諷刺南宋君臣的奢侈生活。第二句用疑問句表達作者的悲憤心情。西湖畔的輕歌曼舞，彷彿成了南宋君臣的平生事業，收復疆土的壯志被銷磨一空。「幾時休」三字表達了作者強烈的憤慨，他希望這種歌舞昇平的局面儘快改變。後兩句寫詩人再難壓抑憤懣，直言南宋君臣完全忘記了國恨家仇，把陪都臨安當成故都汴梁。「暖風」表面是說自然界的春風，實際指的是社會上的淫靡之風。一個「醉」字，生動地刻畫出統治者和庸人們苟且偷安、醉生夢死的醜惡心態。面對強敵，他們都「醉」了，這樣的精神狀態，怎麼能不讓人感到危機！

【今譯】

青山連綿啊樓臺疊疊重重，
西湖畔的輕歌曼舞何時才能消停？
奢靡之風把達官貴人都熏醉了，
簡直把杭州也當成了開封。

76.鄉村四月 翁卷

綠遍山原白滿川①，
子規②聲裡雨如煙。
鄉村四月閒人少，
才了蠶桑又插田③。

【作者】

翁卷，生卒年不詳，字續古，一字靈舒，永嘉（今浙江溫州市）人，南宋詩人。一生中多次考進士不中，沒有做過官。他寫詩注重修辭煉字，善於用白描手法狀物寫景，但詩的氣魄不大。有《葦碧軒集》。

【注釋】
①白滿川：意為河水漲滿，泛著光亮，現出一片白色。
②子規：即杜鵑鳥。
③才了蠶桑又插田：才了，剛做罷；蠶桑，養蠶的桑田，這裡指採桑勞動；插田，在田裡插秧。

【名句】

鄉村四月閒人少，才了蠶桑又插田。

【鑑賞】

這首詩描繪了江南初夏季節美麗而繁忙的鄉村生活圖景。詩歌以明快輕鬆的筆調，把自然之美和勞動之美和諧地統一在一個畫面裡，流露出作者的讚美之情，也使讀者感受到生活的美好和勞動的樂趣。

詩的前兩句以簡筆勾勒水鄉特有的自然風光，朦朧而細膩。正是江南四月，漫山遍野都是綠意盎然，而潺潺流淌的小河卻泛著白光；細雨濛濛如煙，籠罩著這一片天地，遠遠傳來子規高高低低的叫聲。詩的第一句是靜景，第二句是動景，並於景物描寫中，暗示出農事正忙。山原綠遍，草木蔥蘢，桑葉也當肥嫩，河水漲滿，細雨如煙，恰是插秧的好時機，更有杜鵑鳥熱心地鳴叫催促，人們怎麼能夠停閒呢？所以才有三、四句對農事活動的描寫。這個時節，幾乎沒有人在家閒坐，人人都忙碌不停，所以說「閒人少」。如何忙碌呢？「才了」和「又」幾個字，生動地再現了農民緊張勞動的場景。他們深深懂得，沒有播種就沒有收穫，所以這勞動是緊張忙碌的，又是愉快歡樂的。

【今譯】

山野遍綠啊河川水漲，
杜鵑聲聲啊細雨迷茫。
鄉村四月裡閒人很少，
剛採罷桑葉又去插秧。

77.村晚　雷震

草滿池塘水滿陂①，
山銜落日浸寒漪②。
牧童歸去橫③牛背，
短笛無腔信口吹④。

【作者】

雷震，生卒年不詳，宋代詩人。

【注釋】
①陂：指池塘堤岸。
②山銜落日浸寒漪：銜，含著；山銜落日，形容夕陽與遠山相接的樣子；浸，映照；漪，水波紋。
③橫：橫坐。
④短笛無腔信口吹：無腔，不成曲調；信口，隨意，隨口。

【名句】

牧童歸去橫牛背，短笛無腔信口吹。

【鑑賞】

這是一首描寫農村傍晚景色的詩，勾勒出一幅悠然自得、世外桃源般的畫面，牧童那美妙悠揚的笛聲彷彿迴響在畫外。詩歌筆調輕鬆，細膩含情，流露出對田園生活的讚美。

詩的前兩句寫山村晚景：水草繁茂，碧波蕩漾，夕陽下銜遠山，倒映於寒波中。詩人把池塘、遠山、落日三者有機融合起來，描繪了一幅非常清麗的圖畫，為牧童出場佈置了背景。以「滿」字，寫出自然界的無限生機；以「銜」字，用擬人的手法寫日落西山的情態，很有生趣；以「浸」字，寫遠山落日倒映水中的景致，生動可愛。後兩句寫晚歸的牧童，在牛背上吹出自在隨意的曲調。從「橫」字，可見小牧童的悠然快樂和他駕牛技藝的嫻熟高超。不僅如此，那牧童手裡還握著一支短笛，但他只是隨意吹響，有笛聲陪伴就好。正是這種隨意和散漫，牧童的天真爛漫、勤勞樂觀才活靈活現，生活的趣味盎然才真切可感。

【今譯】

池塘水草繁茂，碧波盈盈溢出提岸；
遠山環抱夕陽，倒映在清冷的池水中間。
放牧歸來的兒童橫坐在牛背之上；
手持短笛隨意吹奏，竟是那樣悠閒。

78.遊園不值[1] 葉紹翁

應憐屐齒印蒼苔[2]，
小扣柴扉[3]久不開。
春色滿園關不住，
一枝紅杏出牆來。

【作者】

葉紹翁，生卒年不詳，字嗣宗，祖籍建安（今福建建甌），南宋詩人。他的詩多描寫田園風光，以七言絕句為佳。

【注釋】
①不值：沒有遇到主人。
②應憐屐齒印蒼苔：應，應該，大概；屐，一種有齒的木頭鞋，可以防滑；印，印上，踩上；蒼苔，指地上的青苔。
③小扣柴扉：小扣，輕敲；柴扉，指簡陋的柴門。

【名句】

春色滿園關不住，一枝紅杏出牆來。

【鑑賞】

這是一首讚美春天的紀遊詩。詩人以細膩的筆法，敘述自己遊園不成反有所得的情景。詩歌形象鮮明，意境淡雅，饒有逸趣，十分耐人尋味。

詩開篇即寫詩人遊園，卻看到柴扉緊閉，他自然產生聯想：一定是主人愛惜園中草木，不願有人隨意踐踏。不但寫出園林環境的清幽，也折射出作者惜春、愛春的心情。第二句寫作者輕輕地敲那柴門，好久了也沒有人來開。敘述平淡，卻彷彿能感受到作者期待之後失落的心情。所以，作者並沒有馬上離去。他在門外悵然徘徊，依依不捨，結果有了新的發現，筆下也隨之生花。第三、四句實際上是倒置的，作者先看到出牆的紅杏，繼而推斷出園裡花開正好，有無限春色。作者遊園未成，本是件掃興的事情，現在卻從探出牆頭的一枝紅杏想像到滿園春色，自然感到欣慰。而且也給人這樣的啟迪：一切有生命的事物，都是不能禁錮的。就像滿園的春色無法關住一樣，總有紅杏探出牆頭，透露出勃勃的生機。

【今譯】

怕是不願讓遊客隨意踐踏園外的青苔，
輕敲園門主人卻遲遲沒有打開。
滿園錦繡春色畢竟是關不住的，
你看那一枝紅杏正探出牆來。

79.鶯梭[1]

劉克莊

擲柳遷喬[2]太有情，
交交時作弄機聲[3]。
洛陽三月花如錦，
多少功夫織得成？

【作者】

劉克莊（1187-1269），字潛夫，號後村居士，莆田（今屬福建）人，南宋著名愛國詩人、詞人。他的詩詞多抒發感慨時事、針砭現實的愛國情懷，悲壯慷慨，風格豪放。有《後村先生大全集》。

【注釋】
①鶯梭：形容黃鶯往來翻飛如穿梭一般。
②擲柳遷喬：擲，投，扔；擲柳，形容黃鶯從柳枝飛下來時快捷的樣子；遷，遷移；遷喬，形容黃鶯飛上喬木時輕快的樣子。
③交交時作弄機聲：交交，鳥鳴聲；弄機聲，指踏動織布機發出的聲音。

【名句】

洛陽三月花如錦，多少功夫織得成。

【鑑賞】

這是一首歌詠黃鶯的詩，為我們呈現了一幅美麗的春鶯織錦圖。詩歌語言生動，想像大膽，構思精巧，使洛陽錦繡一般的秀麗春光躍然紙上。

詩的前兩句寫黃鶯在樹木間歡快地穿梭鳴叫，不知道是鶯兒情濃，還是春天盎然的生機給了鶯兒翻飛的激情。「擲柳遷喬」賦予鶯兒瀟灑自在的靈性，讓牠自由飛舞；「弄機聲」不僅生動形象地寫出了鶯兒令人愉悅的鳴叫聲，而且為下文的「織錦」埋下伏筆。三、四兩句是作者的大膽想像。

三月的洛陽城，春光無限，繁花似錦。那園林中往來穿梭的多情黃鶯，正「交交」地踏動織布機，織出一幅一幅錦繡春光。原來，是黃鶯的勤勞換來了洛陽的美麗春光，這是前人從未寫過的獨特意境。

【今譯】

穿梭於柳林灌木，春鶯情深意長；
「交交」地啼叫，不時發出織機般的聲響。
三月裡洛陽城內到處花團錦簇，
你用多少功夫才能織出這無限春光？

第五篇　金元

80.客意① 元好問

雪屋燈青客枕孤②，
眼中了了③見歸途。
山間兒女應相望，
十月初旬得到無④？

【作者】

元好問（1190-1257），字裕之，號遺山，太原秀容（今山西忻州市）人，金朝傑出的文學家。曾經擔任過翰林學士、知制誥等官職。金朝被元滅亡後，他便不再做官。他是當時文壇的領袖，詩詞、散文都寫得很好，作品反映了國家動亂和人民的痛苦，風格剛健，感情深沉。有《遺山集》。

【注釋】

①客意：指漂泊在外、客居他鄉者的心情。
②雪屋燈青客枕孤：雪屋，落滿飛雪的房屋；燈青，油燈放射出黯淡的青光；客枕孤，形容旅客孤單地睡在客店裡。
③了了：意為清楚地看見。
④十月初旬得到無：初旬，指一個月的前十天，每月都有初旬、中旬、下旬之分，一旬十天；得到無，意為：能不能回到家中呢？

【名句】

山間兒女應相望，十月初旬得到無？

【鑑賞】

這是一首描述詩人客居他鄉，思家心切的寄情小詩。詩歌將自己渴盼回家的急切心情與兒女對父親的思念之情結合起來描寫，把詩人的思念表達得淋漓盡致。詩歌語言質樸自然，構思精彩巧妙，情感悱惻動人，感人至深。

詩的開頭一句寫作者所處的淒苦環境：在一個秋末冬初、雪花紛飛的夜晚，他孤零零地躺在旅店裡，對著微弱的燈光，陷入沉思。由此烘托出了人物內心惆悵的感情。第二句承上啟下，寫作者在沉思中看見了歸家的道路。「了了」二字寫出作者想要踏上歸家之路的迫切；歸途雖然清晰卻不能歸家，更能夠看出作者內心的無比惆悵。三、四兩句通過對兒女的對話和動作的描寫，生動細膩地表現了家中兒女殷切盼望他歸去的情景。「應相望」表明這些都是作者一廂情願的推測之語，但是卻從側面映襯出作者思念家鄉、渴求和親人團聚的急切心情。全詩雖沒有直接寫「情」，而情出自然，深摯感人；以「想像」來表「情」，構思巧妙，耐人尋味。

【今譯】

雪夜裡對著黯淡的燈光我孤枕難眠，
歸家的道路呀清晰地浮現在我的眼前。
居住在鄉間的兒女此刻該舉目相望，
久別的父親呀十月初能不能返回家園呢？

81.白梅 王冕

冰雪林中著此身①，
不同桃李混芳塵②。
忽然一夜清香發③，
散作乾坤④萬里春。

【作者】

王冕（1287-1359），字元章，號竹齋、梅花屋主等，諸暨（今屬浙江）人，元代著名畫家、詩人。他擅畫梅，亦常以梅為題作詩，表達高潔的志向。此外，王冕也有同情人民苦難、反映現實生活的作品。有《竹齋集》。

【注釋】

①著此身：著，造就，顯露；此身，指自身的品格、個性。

②不同桃李混芳塵：不同，不同於；混，混雜；芳塵，指落花；混芳塵，是說桃李爭開，連落花都混雜在一起難以分辨。

③清香發：散發出清幽的香氣。

④乾坤：天地。

【名句】

忽然一夜清香發，散作乾坤萬里春。

【鑑賞】

這是一首詠物言志詩。詩人以梅自比，藉梅花的高潔與孤芳自賞，來表達自己堅守情操、不與世俗同流合污的志向。詩歌語言清麗淡雅，意境含蓄蘊藉，歷來傳誦不衰。

詩的前兩句寫白梅的堅毅高潔。它寧願生長於冰天雪地的林木枝頭，凌寒開放，也不願改變志向，和花園裡爭芳鬥豔的桃李同流合污。以「冰雪」寫白梅的生長環境，反襯出白梅不畏嚴寒的堅韌風骨；而「林中」寫寒梅遠離俗世而獨自開放，不求世人的讚美，充分表現出傲然孤高、甘於寂寞的高潔品格；第二句寫冰天雪地中的白梅與那些熱鬧開放的普通桃李是大不相同的，從而再次強調梅花的素雅高潔。三、四句寫白梅的奉獻精神。梅花是報春的信使，當天地間幽幽散發白梅的清香，春天也來到了人間。一個「發」字寫出了梅花強勁的爆發力和蓬勃的生命力；一個「散」字突出了梅花把芳香散漫人間的無私精神。正因為有如此高潔的品格，白梅不僅具有了美好的形象，而且也成為詩人理想和信念的化身。

【今譯】

冰雪山林造就了高潔的品性，
你和爭芳鬥妍的桃李大不相同。
忽然一夜裡陣陣清香瀰漫，
溢滿人間，迎來大地回春。

82.上京即事①

薩都剌

牛羊散漫②落日下，
野草生香乳酪③甜。
捲地朔風④沙似雪，
家家行帳下氈簾⑤。

【作者】

薩都剌（1300？-1355？），字天錫，號直齋，雁門（今山西代縣）人，元代著名的詩人、詞人。他一生寫作了不少反映當時社會矛盾、同情人民疾苦的詩篇，但流傳更多的還是歌詠自然風光的山水詩。他的詩繼承了唐詩的優良傳統，風格清麗，感情真切，別具特色，標誌著元代少數民族詩歌的最高成就。有《雁門集》。

【注釋】

①上京即事：上京，即上都，與大都（今北京）並稱元代兩都，故址在今內蒙古錫林浩特市南的正藍旗境內；即事，指以當前事物為題材進行寫作。
②散漫：分散在各處。
③乳酪：用牛羊乳煉製而成的一種食品，味道甜美。
④捲地朔風：從地面上颳起的北風。
⑤行帳下氈簾：行帳，俗稱「蒙古包」，可隨時搬遷，所以又叫行帳；氈簾，用毛氈製作的門簾。

【名句】

牛羊散漫落日下，野草生香乳酪甜。

【鑑賞】

《上京即事》是詩人在上都寫下的一組表現蒙古民族生活習俗，描繪塞北自然風光的短詩，共十首，本篇是其中之一。這首詩從當地的典型景物出發，以樸素、生動的語言形象地描繪了塞外風光，反映了牧民的勞動生活。

詩的前兩句寫春夏放牧時迷人而恬靜的草原暮色。「散漫」寫牛羊在落日下隨意活動的閒適和安詳；「生香」不僅寫出了野草特有的清香味，也將野草的勃勃生機表現得淋漓盡致。「乳酪甜」三字自然親切，彷彿草原上漫溢著乳酪的氣息，讓人沉醉其中。三、四兩句寫秋冬風沙猛烈的情狀。「捲地」寫出了朔風的猛烈和強悍，很有力量。狂風捲起塵沙，漫天飛舞，猶如雪片紛紛落下。這樣奇妙生動的比喻，恐怕只有像薩都剌這樣熟悉北國景物的詩人才能寫出。「家家」二字疊用，意在說明大風來臨時草原牧民緊張的抵禦情狀；「下」字貌似平常之語，卻有著強烈的動作感，硬朗剛健，寫出了牧民的豪放性情。全詩前後對比強烈，色彩鮮明，展示出北方邊塞特有的風光和民俗特點。

【今譯】

成群的牛羊撒滿草原，夕陽將要落山；
茂盛的野草散著芬芳，乳酪格外香甜。
呼嘯的北風捲起黃沙好似漫天飛雪，
家家戶戶的蒙古包全都放下了氈簾。

83. 貞溪初夏

邵亨貞

楝花風[1]起漾微波，
野渡舟橫客自過[2]。
沙上兒童臨水立[3]，
戲將萍葉飼新鵝[4]。

【作者】

邵亨貞（1309-1401），字復孺，號清溪，雲間（今上海松江）人，元代詩人。有《野處集》等。

【注釋】

①楝花風：花信風之一，在暮春初夏時節。楝樹為落葉喬木，初夏開花。

②野渡舟橫客自過：野渡，郊外溪頭的渡口；客自過，指渡河的人自己撐船過河。

③臨水立：靠近水邊站著。

④戲將萍葉餇新鵝：戲，玩耍，戲耍；將，拿著；新鵝，小鵝。

【名句】

沙上兒童臨水立，戲將萍葉餇新鵝。

【鑑賞】

這首詩歌描寫了初夏時節江南秀美的景色，表達了作者內心的喜悅歡快，也有對淡泊寧靜的境界的追求。詩歌語言淡雅清秀，動靜完美結合，觀察細緻入微，讀後令人回味無窮。

詩的第一句寫夏風蕩漾微波的情景，營造幽靜的氛圍。詩人用「楝花風」來代指夏天，富有濃厚的詩意；「漾」字極有動感，描摹出微起漣漪的湖面，使人飄飄然陶醉其中。第二句寫野渡無人，渡客要自己過河，給人悠然自得的感受，也看出作者閒適恬淡的心情。「客自過」為這幅畫面增添了不少的情趣：渡客自己搖槳渡河，可以盡情地體驗划船的樂趣，充分感受河水的輕柔與鄉村的寧靜安謐。三、四兩句寫兒童手拿萍葉逗引小鵝玩耍的情景。一個「戲」字境界全出，兒童的天真可愛、活潑好動和小鵝的喜人之態都躍然紙上，呼之欲出。在這裡，景物、人物和動物達到了完美的和諧和統一，共同構成了一幅生動形象的畫面，儼然是世外桃源。

【今譯】

初夏風起溪水漾著微波，
小船停在岸邊客人自己渡河。
沙灘上的孩子臨水站立，
正用荷葉戲餵小鵝。

第六篇　明

84.北風行①

劉基

城外蕭蕭北風起，
城上健兒吹落耳②。
將軍玉帳貂鼠衣③，
手持酒杯看雪飛。

【作者】

劉基（1311-1375），字伯溫，浙江青田人。明初政治家、文學家。他精通天文、兵法等，以輔佐朱元璋成就帝業而青史留名。劉基詩文古樸豪放，有不少抨擊社會現實、同情民間疾苦的作品。有《誠意伯文集》。

【注釋】

①北風行：古樂府曲名之一。

②健兒吹落耳：健兒，指士兵；吹落耳，形容士兵們饑寒交迫的境況。

③玉帳貂鼠衣：玉帳，指戰時主將的帳幕；貂鼠衣，用貂鼠皮為材料製成的衣服。

【名句】

將軍玉帳貂鼠衣，手持酒杯看雪飛。

【鑑賞】

這首詩描繪了士兵與將軍苦樂懸殊的生活畫面，揭露了封建社會日益尖銳的階級矛盾，表達了對下層士兵的深重同情，也體現了詩人呼籲統治者關注民生疾苦的美好願望。詩歌語言沉鬱頓挫，風格雄健硬朗，能夠引起讀者強烈的共鳴。

詩的前兩句寫士兵生活的艱苦。「蕭蕭」形象地寫出北風的寒冷和猛烈，為下句寫城上士兵的悲慘境遇做了很好的鋪墊。北風颳得越猛烈，士兵的境況就越悲慘。「吹落耳」讓人感到格外心寒和震驚，這說明士兵們的生活狀況已經到了饑寒交迫的地步。這裡充滿了作者對他們的同情和憐憫。士兵們忍受寒冷的時候，帳幕中的將軍們在幹什麼呢？「玉帳」和「貂鼠衣」都可以看出將軍錦衣貂裘的溫暖舒適；「酒杯」則寫他們飽食暢飲的狀態；「看飛雪」尤其令人感歎和憤慨：將軍們只顧自己享樂，哪裡想得到城上那些飽受饑寒的士兵呢？在這種看似平淡、不露聲色的描寫中，作者對那些不顧士兵死活的將軍們進行了強有力的諷刺和批判。

【今譯】

城外蕭瑟的北風怒號，
城上的士兵饑寒潦倒。
將軍在帳幕披起名貴衣裘，
正舉杯欣賞大雪飄飄。

85.首夏山中行吟①

祝允明

梅子青，梅子黃，
菜肥麥熟養蠶忙。
山僧過嶺看茶老②，
村女當壚③煮酒香。

【作者】

祝允明（1460-1526），字希哲，自號枝山，長洲（今江蘇吳縣）人，明代書畫家、詩人。與唐寅、文徵明、徐禎卿並稱為「吳中四才子」。

【注釋】

①首夏山中行吟：首夏，即初夏，指農曆四月；行吟，邊行走邊吟唱。

②茶老：指種茶的長者。

③壚：古時酒館中安放酒罈子的土墩。

【名句】

山僧過嶺看茶老，村女當壚煮酒香。

【鑑賞】

詩歌描寫了蘇州西郊一帶的水鄉景象。那裡大大小小的湖泊、河道交錯密佈，清翠的山嶺或斷或續，豐饒的田野舒展於山水之間。這種環境使詩人感到特別有情趣，於是在詩中加以表現。詩歌語言自然質樸，意境愜意溫馨，很有民歌特色。

詩的第一句就很有民歌風味，寫作者看到有青有黃的梅子，點出了時節特點，也可看出作者對梅子的喜愛之情。第二句寫初夏時節，鄉村物產正豐富；人們固然勤勞，也不乏自足的樂趣。一個「肥」字，一個「忙」字，寫出水鄉土地的肥沃和人民富裕的生活，表露作者閒散喜悅的心境。第三句寫僧人和種茶老者的交往，他們的友情不因山高嶺峻而改變。「山僧」與這美妙的鄉村景色十分匹配，「茶老」也同樣給人以清爽平和之感。看著眼前美好的桃源景象，如果沒有美酒暢飲，似乎頗為遺憾。於是，作者循著陣陣飄散的酒香望去，煮酒現賣的居然是當地的村女，這是一幅多麼美麗的圖景！詩人當然要從村女手中接過米酒，開懷暢飲了。

【今譯】

梅樹果子青，梅樹果子黃；
蔬菜鮮，稻麥熟，養蠶活正忙。
僧人翻山越嶺來探望種茶的長者；
村女煮酒現賣，散發出陣陣清香。

86.田舍夜舂[1] 高啟

新婦[2]舂糧獨睡遲，
夜寒茅屋雨來時。
燈前每囑[3]兒休哭，
明日行人要早炊[4]。

【作者】

高啟（1336-1374），字季迪，自號青丘子，長州（今江蘇蘇州市）人，明初著名文學家。曾擔任翰林院國史編修，負責編纂過《元史》。最後因得罪明太祖朱元璋而被殺害。他早年參加過農業勞動，比較熟悉下層生活。他的詩風格平易，有著較濃郁的生活氣息。

【注釋】
①田舍夜舂：田舍，指農家的房屋；舂，用石器搗米。
②新婦：詩中指年輕媳婦，而不是新媳婦。
③每囑：一再囑咐。
④行人要早炊：行人，指將要出征遠行的人；早炊，早飯。

【名句】

燈前每囑兒休哭，明日行人要早炊。

【鑑賞】

這是一首描寫農家生活的記事詩，歌頌了勞動婦女的勤勞、質樸，也從側面反映出了戰亂之苦。詩歌語言樸素自然，通過對典型生活細節的細緻刻畫，塑造了農婦的形象，表達了鮮明的主題。

詩的前幾句寫一位農村婦女在寒冷的雨夜中獨自舂米，身邊的幼兒不住地啼哭，她便一次次地哄勸著孩子。「新婦」本應是幸福而甜蜜的人，但是，淒冷的雨夜與茅屋，卻營造出寒氣入骨的氛圍。「燈前」二字與這雨夜裡的淒冷

相呼應，更添了幾分悲涼。這裡，詩人設置了一個不小的懸念，她為什麼要這樣不辭辛苦地連夜舂米呢？詩的最後一句終於做了交代：原來是要為出征的丈夫準備早飯。畢竟「古來征戰幾人回」，這次分離很可能就是死別，新婦內心的痛苦是難以名狀的，所以，她把對丈夫的濃濃情意和深深牽掛都融進了這夜舂的行為中。元末明初戰亂很多，詩歌寫的正是這一背景下的真實而令人哀婉的生活場景，從一個側面反映了戰爭給人民帶來的深重災難和巨大痛苦。

【今譯】

農婦獨自舂米呀睡得很晚，
風雨瀟瀟，茅屋裡顯得十分淒寒。
燈下一次次地哄勸小兒莫要啼哭，
明日清晨要為出征的人準備早飯。

87.由商丘入永城①途中作

李先芳

三月輕風麥浪生，
黃河岸上晚波平②。
村原③處處垂楊柳，
一路青青到永城。

【作者】

李先芳，生卒年不詳，字伯承，濮州（今河南范縣）人，明代詩人。曾經做過知縣、刑部郎中等官。他年輕時就很有詩才，與當時的詩人謝榛、李攀龍等組織過詩社。他的詩格調明快，和諧流暢，很有韻味。

【注釋】
①由商丘入永城：商丘，今河南省商丘市；永城，今河南省永城縣。
②晚波平：形容傍晚的河水平靜無波。
③村原：鄉村的原野。

【名句】

三月輕風麥浪生，黄河岸上晚波平。

【鑑賞】

本詩是作者由商丘到永城途中所寫。這首詩描繪了初春黃河兩岸的秀麗景色，傾吐了詩人熱愛大自然的美好感情。詩歌語言質樸明快，動靜結合，情景交融，兩處疊詞的使用恰倒好處，是一首優秀的寫景作品。

詩的第一句寫微風吹拂，麥浪翻滾，具有無窮的動感和美感。「生」字不僅描摹出麥浪此起彼伏的情狀，也寫出了三月春風蓬勃的生命力。第二句寫夜色中寧靜的黃河。「平」字 「生」字相對，一動一靜，交錯生姿。這裡不僅寫出了河水的平靜無波，更寫出作者內心的平靜與安詳。第三句描寫黃河兩岸鄉村平原的青青楊柳。「處處」二字寫楊柳之多，景色之美，與「麥浪」遙相呼應，呈現一片盎然生機。第四句寫作者的行蹤，可貴的是，作者並沒有簡單呆板地直接加以交代，而是把楊柳擬人化，說青青的楊柳陪伴他到達了目的地。其實，何止是楊柳，作者一路上所見到的滿眼綠色，都在陪伴他。「青青」二字不僅生動形象，更可見作者愉悅興奮的心情。

【今譯】

三月裡輕風吹拂，黃河兩岸麥浪翻滾；
傍晚時經過岸邊，只見河水格外平靜。
鄉村的原野啊處處是楊柳，一片新綠；
一路上青翠的景色伴我從商丘直到永城。

88.蕭皋別業竹枝詞①

沈明臣

青黃梅氣暖涼天②，
紅白花開正種田。
燕子巢邊泥帶水③，
鵓鳩聲裡雨如煙④。

【作者】

沈明臣，生卒年不詳，字嘉則，鄞縣（今浙江寧波市）人，明代詩人。他一生共寫了七千多首詩歌，在當時就很有名氣。他的詩淺顯樸實，富有濃厚的鄉土氣息和民歌色彩。

【注釋】

①蕭皋別業竹枝詞：蕭皋別業，是作者一位友人的別墅；竹枝詞，流行於四川一帶的民歌體，後來文人模仿這種體裁寫作詩歌，多用來描寫地方風物。
②青黃梅氣暖涼天：青黃，是說梅子有青有黃；梅氣，指梅雨時節的氣候；暖涼天，氣候忽暖忽涼。
③泥帶水：梅雨季節，燕子巢邊的泥土也帶著很多水分。
④雨如煙：形容細雨迷濛，像煙霧一樣。

【名句】

燕子巢邊泥帶水，鵓鳩聲裡雨如煙。

【鑑賞】

這首詩描寫了梅雨季節江南農村的自然景象，語言通俗流暢，民歌色彩很重，表達了作者對江南風光的喜愛之情。

詩的前兩句概括地寫了鄉間的氣候和景致，梅子將要成熟，有青有黃，天氣變化不定，乍暖乍涼；各色的鮮花開得正豔，農家已忙著種田插秧了。「青黃」顏色豔麗，對比鮮明；「暖涼」二字寫出溫差變化之大，正是梅雨季節的特點；「紅白」非常生動簡潔地寫出了百花開放萬紫千紅的情態，以百花的嬌豔烘托出勞動場面的溫馨和幸福。三、四兩句是一組非常工整的對仗句，生動具體地寫出燕子巢邊泥土濕潤、鵓鴣聲裡細雨迷濛的情景。「泥帶水」把江南水氣氤氳的特色刻畫得淋漓盡致，顯示了作者精細的觀察力。全詩選取燕子和鵓鳩這兩種活潑靈動的可愛生靈，從視覺、聽覺和感覺三個角度入手，把各種景物融合在一起，形象地表現出了春天江南農村的風光，讓人浮想聯翩，心生嚮往。

【今譯】

梅子有青有黃呀，天氣忽暖忽涼；
各色的花兒開了，正逢插秧的時光。
空氣濕潤，燕巢邊的泥土都返潮了；
鵓鴣聲中，煙霧般的細雨一片迷茫。

89.夜泉 袁中道

山白[①]鳥忽鳴，
石冷霜欲結[②]。
流泉得月光[③]，
化為一溪雪。

【作者】

袁中道（1570-1623），字小修，公安（今屬湖北省）人，明代文學家，與兄宗道、宏道並稱「三袁」，皆有文名，是「公安派」的代表作家。他的詩文追求自然，抒發性靈，有不少感情充沛、真實動人的作品。有《珂雪齋集》。

【注釋】
①山白：因為月光籠罩而使山色泛白。
②石冷霜欲結：是說石頭冰冷得使石上的晚霜都快要凝結起來。
③流泉得月光：形容泉水映照月光的樣子。

【名句】

流泉得月光，化為一溪雪。

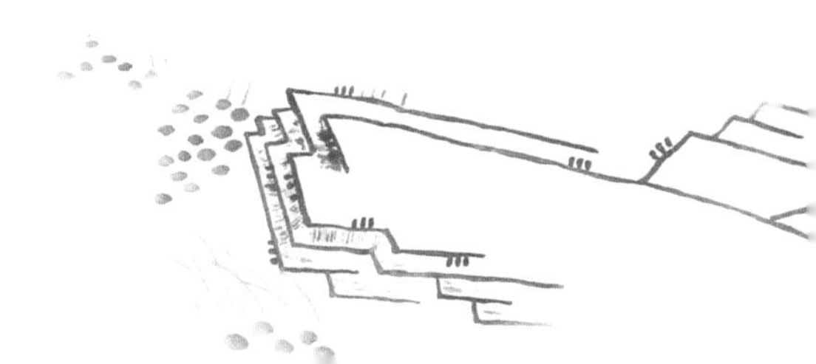

【鑑賞】

這首詩生動地描繪了月夜泉水流動的情景，把讀者帶入一個幽靜的境界。詩歌有視覺，有聽覺，有感覺，細膩而真切，將月下流泉傳神地展現在讀者面前，表現出大自然的美。

詩開篇寫月光如水，映照群山。而睡夢正酣的鳥兒彷彿被月光驚擾，不由得鳴叫起來。鳥鳴之後，群山更靜，這是以動襯靜的寫法，渲染了夜間山谷裡幽靜的氣氛。第二句寫夜晚寒氣襲來，有霜凝成。作者在這裡寫「霜」有兩層用意：一是突出山谷的清冷，暗示節令是秋季；二是為後面雪溪的聯想做準備。第三、四句寫月照流泉，彷彿化成一溪白雪，皎潔而清冷。這兩句描寫十分形象，創造出清新幽雅的意境，令人爽心悅目。「得」字彷佛是說流泉主動去吸引月光，寫出了流泉的有意和多情；「一溪雪」也不同於靜止的一層或一片雪，彷彿能看到一溪雪靜靜流動的情景。這個聯想美妙之處，恐怕主要體現在這清新有情、富有動感上。

【今譯】

山嶺泛白鳥鳴稀稀落落，
石畔冰冷晚霜都要凝結。
月光映照淙淙的山泉，
頃刻間化作一溪白雪。

90.江宿

湯顯祖

寂歷[1]秋江漁火稀，
起看殘月映林微。
波光水鳥驚猶宿，
露冷流螢[2]濕不飛。

【作者】

湯顯祖（1550-1616），字義仍，自號清遠道人，今江西臨川人，明代偉大的戲劇家、文學家，被譽為「東方的莎士比亞」。湯顯祖一生專職寫作，詩詞曲文都有涉獵，但主要成就是戲曲，代表作品有「臨川四夢」等，以《牡丹亭》最為有名。

【注釋】
①寂歷：寂靜、冷清。
②流螢：飛動的螢火蟲。

【名句】

波光水鳥驚猶宿，露冷流螢濕不飛。

【鑑賞】

這首詩描寫秋江月夜。秋天的肅殺和冷峻就像這深秋夜江那樣清冷迫人，但波光水影、飛鳥流螢又都充滿著靈性的味道。這就是詩人用典雅的語言，為我們營造出的深邃清幽的境界，引人遐想無盡。

詩的前兩句寫殘月在天，漁火依稀，江水在月色下呈現一片寂寞的灰白；而秋季凋殘的樹木，在月光中投下斑駁、稀疏的影子。「稀」、「微」二字與「寂歷」、「殘月」相照應，把秋天的冷落和肅殺渲染得淋漓盡致。第三句寫幾隻宿在沙灘上的水鳥被波光驚醒，飛起復又落下的情景。「驚」字用得精巧傳神，寫出了波光粼粼，連水鳥都被驚嚇的微妙情態。「猶宿」二字曲折生動，給人留下極其深刻的印象。第四句寫一群流螢被冷露浸濕了翅膀，停止了飛舞。這些情景使人感到淒清而靜謐，創造出一種浩淼沉鬱的格調。這裡可以約略看出作者的心緒，是淡泊寧靜而又略帶寂寞的。

【今譯】

寂寞的秋夜江上漁火稀稀疏疏，
起身看到殘月的微光映照在樹梢枝頭。
水面波光閃閃，水鳥驚起又落下，
寒露打濕了流螢的翅膀，再不能飛走。

91.小車行

陳子龍

小車班班黃塵晚[①]，
夫為推，婦為挽[②]。
出門茫然何所之[③]？
青青者榆療我饑[④]，
願得樂土共哺糜[⑤]。
風吹黃蒿，望見垣堵[⑥]，
中有主人當飼汝[⑦]。
扣門無人室無釜[⑧]，
躑躅空巷[⑨]淚如雨。

【作者】

陳子龍（1608-1647），初名介，字臥子，號大樽，松江華亭（今上海市松江）人，明末文學家。曾組織抗清活動，事敗被捕後投水自殺。他的詩歌成就較高，多為感時傷世之作，詩風悲壯蒼涼。有《陳忠裕公全集》。

【注釋】

①班班黃塵晚：班班，小車行進時發出的聲音；晚，即傍晚。
②挽：牽，拉。
③何所之：去往什麼地方。
④青青者榆療我饑：青青者榆，指嫩綠的榆錢兒；療，救治；療我饑，意為充饑。
⑤樂土共哺糜：樂土，安樂幸福的地方；糜，粥；共哺糜，一起喝粥。
⑥垣堵：即屋牆。
⑦飼汝：飼，餵養；汝，你；飼汝，詩中意為給你提供吃的東西。
⑧釜：鐵鍋。
⑨躑躅空巷：躑躅，止步不前；空巷，空無一人的巷子。

【名句】

扣門無人室無釜，躑躅空巷淚如雨。

【鑑賞】

這首詩描寫明末災民流離失所、四處逃荒的悲慘生活，反映了當時動亂不堪的社會現實。詩人先寫難民的希望，再寫淒慘的現實，前後形成鮮明的對比，揭露現實深刻有力。詩歌用平實的語言，勾勒出難民悲慘無助的境遇，抒發作者的無限同情和對艱難時世的深刻批判，情感真摯感人。

詩歌的開頭兩句就為讀者聚焦了一個特寫鏡頭：傍晚時分，一對夫婦推著小車茫然前行，車聲轆轆，黃塵漫漫。接下來的三句寫這對夫婦無奈的心境和渴盼安定的企求。他們沒有明確的方向，只想找到一個安定的地方，能喝上一口熱粥，不用再吃青青的榆錢兒填肚子。正在彷徨無措的時候，看到遠處荒草間隱隱有院落屋牆，於是萌發了一絲希望：一定有主人家提供粗茶淡飯。所以這兩句就寫這種似乎要實現的希望，讀者這時也不免要為這對夫婦感到慶幸。然而，現實是殘酷的，最後兩句讓我們的希望頓時破滅。久久叩門都沒有人應，進去才發現，主人早已逃荒去了，家裡連煮飯的鍋都沒有，可憐他們只能在空無一人的巷中淚落如雨。「無人」也「無釜」把眼前的失望推到了極致，「空巷」則將偶然現象擴大為社會的普遍現實，讀來只覺深重的絕望。

【今譯】

小車軋軋行進在塵煙滾滾的傍晚，
丈夫推，妻子拉，一路艱難。
出門要到哪裡去，無從知曉，
只有嫩嫩的榆錢充當晚餐。
但願能找到一塊棲身之地，
喝碗熱粥也覺得安然。
風吹著野蒿飄來蕩去，
朦朧中看到房舍已不遠，
房東會為你送上粗茶淡飯。
敲門無人應，室內無鍋碗，
止步空巷中，不禁淚潸潸。

第七篇　清

92.絕句 吳嘉紀

白頭灶戶[1]低草房，
六月煎鹽[2]烈火旁。
走出門前炎日裡，
偷閒一刻是乘涼[3]。

【作者】

吳嘉紀（1618-1684），字賓賢，號野人，泰州（今江蘇泰州市）人，清初著名詩人。少年時因家境貧寒參加過鹽場和農田勞動。後來又漫遊各地，曾在北方參加過抗清鬥爭，晚年回到家鄉，過著清貧的隱居生活。他寫作了不少反映民族感情和人民疾苦的詩篇，風格蒼勁，語言樸素，情真而意切。有《陋軒詩集》。

【注釋】

①白頭灶戶：白頭，指白髮老翁；灶戶，即鹽戶，指舊時從事鹽業的勞動人民。

②煎鹽：煮製食鹽。

③偷閒一刻是乘涼：偷閒一刻，偷得一點空閒，即在繁忙的勞動中閒散片刻；乘涼，這裡指休息。

【名句】

走出門前炎日裡，偷閒一刻是乘涼。

【鑑賞】

這是一首反映濱海鹽民艱苦勞動生活的詩，表現出作者對勞動人民深深的同情。作者選取了典型的時間、環境、人物等，十分有力地表現了主題，給讀者留下了異常深刻的印象，有直達人心的力量。

詩中前兩句說，在六月的炎炎赤日下，在一間低矮的茅草屋裡，一位白髮老人正在熊熊烈火旁煮鹽。「低草房」寫鹽民惡劣的勞作環境；「白頭」令人動容，彷彿能看到那個日復一日付出艱難勞動，終至白髮暮年的鹽戶；六月的炎熱本就難以忍受，然而「白頭灶戶」還要在「烈火旁」工作，這是多麼可怕的折磨，鹽民們艱難而飽嘗辛酸的生活狀況已清晰可見。詩三、四句進一步描寫鹽民們極端艱辛的生活現狀：對他們來講，偶爾得空走出房間到炎日裡休息片刻，已算是十分難得的快事了。似火驕陽在鹽民眼中居然清爽無比，這是多麼令人心酸的場景啊！「偷閒一刻」這四個字鄭重其事地提醒著讀者，即使是在烈日下「乘涼」也不過短短一瞬，他們生活的常態就是在苦痛和煎熬中忙碌不堪。

【今譯】

白髮的老鹽民居住著低矮的茅草房，
六月裡他煮鹽守候在熊熊烈火旁。
繁忙中偶爾走到屋外炎熱的陽光下，
縱然休息片刻已算是十分難得的時光。

93.真州[1]絕句

王士禛

江干多是釣人居[2]，
柳陌菱塘[3]一帶疏。
好是[4]日斜風定後，
半江紅樹[5]賣鱸魚。

【作者】

王士禛（1634-1711），字子真，號阮亭，又號漁洋山人，今山東新城人，清初著名詩人。王士禛長於詩詞，並創立「神韻說」。他的詩自成一格，以五言、七言近體詩為佳，多描寫自然風光，抒發個人情懷，筆調清新淡雅，耐人尋味。有《帶經堂集》。

【注釋】

①真州：在今江蘇省儀徵縣，位於長江北岸。
②江干多是釣人居：江干，即江邊；釣人居，打漁人的住處。
③柳陌菱塘一帶疏：柳陌，長滿柳樹的小路；菱塘，生長菱角的池塘。
④好是：最好的是。
⑤半江紅樹：形容江邊楓樹很多，映紅了半邊江水。

【名句】

好是日斜風定後，半江紅樹賣鱸魚。

【鑑賞】

詩歌所描繪的是真州一帶秋日傍晚的漁村景致，寫出了漁家生活的安寧祥和。詩歌語言含蓄明麗，生活氣息濃厚，整個畫面呈現出一種和諧、安寧、閒適的情調。同時，詩人還善於捕捉和發現美的瞬間，準確地表達出心靈的感悟，是膾炙人口的名作。

詩的前兩句展示了一幅廣闊而恬靜的江邊風景圖：兩岸多是漁民的居所，錯落排列；柳陌曲折，伸向遠方；池塘遍佈，長滿菱角。讀來清新明朗又悠閒自在，令人嚮往。「疏」字在詩中並不是蕭條冷落的意思，而是在說漁民住所的佈局錯落有致，是江岸風景美麗的點綴，而且也反映出漁家生活的安寧和祥和。三、四句擷取生活中的片段，展現真州河畔的風土人情：夕陽西下，晚歸的漁人滿載而歸；在紅楓似火的江邊，叫賣鱸魚。作者把這一具有典型意義的生活場景放置在一個異常美麗的背景中展示，可以說是匠心獨具。一個「好」字語出平常，卻可見作者的真情實意。「半江紅樹」色彩豔麗明快，讓人心生嚮往。

【今譯】

這江邊啊多半是打漁人的住居，
坐落在田間小道、池塘邊上，零落疏稀。
適逢夕陽西下、風平浪靜的時候，
楓林映江紅，漁夫集市賣鱸魚。

94.舟夜書所見① 查慎行

月黑見漁燈②，
孤光一點螢③。
微微風簇浪④，
散作滿河星。

【作者】

查慎行（1650-1727），字悔余，號初白，海寧（今浙江海寧市）人，清代詩人。做過國史館編修。他早年曾在西南從軍，後來又遊歷各地，較多地接觸了下層生活，因而寫出一些揭露階級矛盾和歌詠自然風光的好詩。他的詩歌學習了宋詩的長處，風格清麗，語意含蓄，情感動人。有《敬業堂集》。

【注釋】
①舟夜書所見：夜晚在舟中記下所看到的事情。
②漁燈：漁船上的燈光。
③孤光一點螢：孤光，孤獨的燈光；一點螢，比喻燈光像螢火蟲發出的光亮一樣細微。
④風簇浪：微風吹起了波浪。

【名句】

微微風簇浪，散作滿河星。

【鑑賞】

　　這是一首五言絕句，詩人描繪了夜間水上美麗的景色，藉此來抒發旅途的寂寞情懷。詩中，詩人抓住了剎那間出現的景物，通過形象的比喻，使靜物動化，描摹出一幅獨特而又令人神往的舟夜漁火圖，使讀者得到一種精神上的愉悅和滿足。

　　詩開篇寫沒有月光，只有漁船上孤單的燈火透出一點微光，彷彿飛動的流螢。用「月黑」突出「漁燈」，又以「孤光」反襯「月黑」，使暗的更暗，明的更明。周圍一片黑暗，所以「孤光」更顯得鮮明可貴，而「一點螢」的比喻又使詩歌充滿靈動之氣。三、四句由靜入動，描繪出十分生動的畫面：風簇細浪，浪散燈光，燈光化星，星綴河中。「簇」字用得準確形象，既寫出了風微，又刻畫了浪細。而把散亂的燈光比作滿河星的想像，本已是出人意料；著一「散」字，就更顯得有情，彷彿一點螢光不甘孤寂，著意變為滿河星斗，以增添天地間的光明和情趣。這正是詩人當時心情的寫照。

【今譯】

暗夜中只看見漁船上的漁燈，
孤獨的燈光好似微弱的流螢。
一陣輕風吹起了細細的波浪，
燈光化作了滿河閃爍的星星。

95.養蠶詞

繆嗣寅

蠶初生，
採桑陌①上提筐行；
蠶欲老，
夜半不眠常起早。
衣不暇浣髮不簪②，
還恐天陰壞我蠶。
回頭吩咐小兒女，
蠶欲上山③莫言語。

【作者】

繆嗣寅（1662？-1722？），字朝曦，今蘇州人，清代詩人。

【注釋】

①陌：田間小路。

②衣不暇浣髮不簪：不暇：沒有時間；浣，洗；簪，古人用來挽住髮髻的首飾，這裡是梳頭的意思。

③蠶欲上山：蠶成熟後喜歡爬到高處結繭，蠶農把稻禾紮成一束，下面散開成圓錐狀，供蠶寶寶結繭用，稱為「上山」。

【名句】

蠶初生，採桑陌上提筐行；
蠶欲老，夜半不眠常起早。

【鑑賞】

這首詩描寫養蠶農婦辛勤勞動的場面，表達了作者對下層勞動人民的同情和憐憫，也蘊含了深刻的主題。詩歌語言質樸流暢，富有濃重的生活氣息，彷彿是蠶婦的一番內心獨白，情感真摯自然。

詩的前兩句寫蠶初生並慢慢長大，蠶婦辛苦採摘桑葉，起早貪黑地忙碌著。如果說這時蠶婦還有一些閒適心情的話，那麼後面幾句所描繪的蠶婦就叫人心生憐憫了。蠶將結繭時，蠶婦夜不成寐、衣裝不整，還整天擔心害怕，怕天公不做美。不僅寫出了蠶婦對蠶寶寶的精心呵護，更重要的是表達了對蠶婦辛苦操勞的無比同情。七、八兩句寫蠶要吐絲時蠶婦的小心翼翼，她一再叮囑兒女，不要打擾蠶寶寶吐絲結繭。不但寫出了蠶婦此時的鄭重其事和緊張心情，更看出蠶婦對蠶所寄託的希望。她希望蠶能夠安心吐絲，好多賣些蠶絲，靠這些微薄的收入來維持家用。樸實無華的願望，更具有打動人心的力量；看似平淡的敘述，卻蘊含了詩人深切的同情。

【今譯】

蠶兒初長成，
提筐採桑到田埂；
蠶兒將結繭，
起早摸黑不成眠。
無暇洗衣衫，無暇去梳頭，
還怕氣候變，一心為蠶憂。
幾次叮囑兒和女，
蠶要吐絲結繭莫言語。

96.所見 袁枚

牧童騎黃牛，
歌聲振林樾①。
意欲捕鳴蟬②，
忽然閉口立。

【作者】

袁枚（1716-1797），字子才，號簡齋，浙江錢塘（今杭州市）人，清代著名詩人。曾經做過幾任知縣，三十五歲時辭去官職，退居江寧（今南京市）的小倉山。他的詩歌大都描寫日常生活，構思精巧，情趣盎然，他的詩論在當時和後世都很有影響。有《小倉山房集》、《隨園詩話》。

【注釋】

①林樾：指樹蔭。

②意欲捕鳴蟬：意欲，心想，想要；鳴蟬，鳴叫的知了。

【名句】

意欲捕鳴蟬，忽然閉口立。

【鑑賞】

這首詩寫的是作者偶然看到的一件事情。詩歌語言流暢，明白如話，以詼諧的筆調、生動的細節，通過動靜結合的描寫，把一個活潑機靈、天真可愛的牧童刻畫得栩栩如生。

詩的前兩句是動態描寫，表現了牧童悠閒自在的神態和他愉快的心情。牧童悠然自得地騎在黃牛背上，高唱著牧歌，嘹亮的歌聲在樹林中迴蕩。「振林樾」雖然有些誇張，但也顯示出牧童爽朗的性格，寫出了他的天真與自在。三、四兩句則是詩人的真正「所見」，寫出了他筆下牧童與眾不同的地方。林中響亮的歌聲驟然停止，代之以知了的叫聲，環境一下子變得靜寂了。知了聲吸引了牧童的注意，他悠閒的神態頓時消失，換作嚴肅的表情；悄悄地站在一旁，想捉住那叫得正歡的知了。「閉口立」三字用得極為傳神，使人眼前浮現出牧童屏住呼吸凝視樹梢的專注模樣，充滿稚氣，又很機靈可愛。

【今譯】

牧童騎著黃牛穿行於林間，
響亮的歌聲在樹蔭中飛旋。
忽然他想要捕捉鳴叫的知了，
停止了歌唱，靜靜地守在一邊。

97.錦雲川[1]

畢沅

月華霞彩映晴川，
瀲灩[2]波光奪目妍。
試喚烏篷[3]乘興去，
一篙撐上水中天[4]。

【作者】

畢沅（1730-1797），字秋帆，自號靈巖山人，鎮洋（今江蘇太倉）人，清經史學家、文學家。有《靈巖山人文集》。

【注釋】
①錦雲川：又名錦銀川、西川，位於濟南境內。
②瀲灩：形容水波蕩漾。
③烏篷：黑篷的船。
④水中天：水波清澈，藍天和白雲倒映在水中，彷彿水中的天空。

【名句】

試喚烏篷乘興去，一篙撐上水中天。

【鑑賞】

這首詩歌描寫了錦雲川的美麗景象，寫出了作者內心的欣悅和對自然美景的喜愛之情。詩歌語言秀美亮麗，寫景動靜結合，想像奇妙獨特，值得反覆品味。

詩的前兩句寫月光和彩霞交相倒影於水中，碧波流光閃閃，秀美多姿。這是從靜態的角度來描寫的。一個「映」字不僅寫出了河川明豔的光澤，而且為第四句「水中天」的聯想做了鋪墊。「奪目」二字看似普通隨意，實際上卻精準恰當地抓住了川水的蕩漾之美。第三、四句為動景，寫作者遊覽時的獨特感受。面對這樣秀麗嬌媚的川水，抑制不住內心激動的作者當然要喚船乘興遊覽，一支竹篙輕輕撐上前去，就好像升上了萬里雲天。一個「喚」字寫出了作者內心的喜悅和輕快之情；「水中天」三字寫川水的清澈見底，卻用了一個獨特新奇的比喻。這樣如夢如幻的意境的確能夠引發人們豐富的聯想，令人流連忘返。

【今譯】

月光和朝霞交映著晴朗的河川，
蕩漾的碧波流光閃爍，嫵媚嬌豔。
呼喚一隻烏篷小船乘興遊覽，
一竹篙就撐上了水中的藍天。

98.舟中 吳錫麒

彭彭魄魄①打麥聲，
啞啞軋軋繅車鳴②。
喚儂③挑飯下田去，
樹上一雞啼午晴。

【作者】

吳錫麒（1746-1818），字聖徵，號穀人，錢塘（今浙江杭州）人，清代文學家。他的詩風清淡秀麗，自成一家。有《正味齋全集》。

【注釋】
①彭彭魄魄：象聲詞，打麥的聲音。
②啞啞軋軋繅車鳴：啞啞軋軋，象聲詞；繅車，繅絲時用的工具，將蠶繭抽出蠶絲的工藝概稱「繅絲」。
③儂：方言，你，這裡指某人。

【名句】

彭彭魄魄打麥聲，啞啞軋軋繅車鳴。

【鑑賞】

　　這首詩歌描寫作者在舟中所見到的情景，記錄一個村莊中人們忙碌勞動的景象。詩歌語言質樸明快，音韻響亮有力，富有強烈的動感，充滿濃郁的生活氣息。

　　詩的前兩句寫村莊裡的人們忙得不可開交，寫出了熱鬧的勞動場面。四個擬聲詞的使用，不但音韻明亮，而且生動形象。我們彷彿真切地聽到了打麥聲和繅車聲，看到了他們忙碌的身影。第三句寫呼喚送飯的場景。在田裡勞作的人們餓了，吆喝著讓家裡人送飯來；於是，田間地頭都是急匆匆送飯的人。畫面如在眼前，同時還從側面襯托出人們勞作的忙碌和辛苦。以方言「儂」入句，既真切自然，又體現出濃厚的地方特色，也使詩歌具有了民歌的風味。第四句寫樹上公雞晴午報鳴，更顯得妙趣橫生。這隻公雞也不知因為什麼飛到了樹上，大概被眼前這繁忙的勞作景象感染了，也跟著湊熱鬧，給人們報起了時辰。詩句既表現了勞動者勞作的辛苦，又使全詩充滿了鄉野趣味。自然，其中也包含著作者對勞動者的同情和感慨。

【今譯】

彭彭啪啪隨處可聞打麥聲，
吱吱呀呀耳邊又傳繅車鳴。
誰在呼喚挑飯送到田頭去，
朗朗晴日，樹上公雞報時辰。

99.沙灣放船[1]

端木國瑚

恰好新晴放野航[2]，
輕鷗個個出回塘[3]。
一溪綠水皆春雨[4]，
兩岸青山半夕陽[5]。
時節剛逢挑菜好，
女兒多見採茶忙。
沙頭[6]剩有桃花片，
流出村來百里香。

【作者】

端木國瑚（1773-1837），字子彝，號太鶴山人，青田（今浙江青田縣）人，清代著名詩人。幼年時聰穎好學，相傳十二歲就能閱讀深奧的《尚書》。他擅長作詩，律詩尤其受人稱道。他的詩風格挺秀，語言奔放，有著較深遠的意境。

【注釋】

①沙灣放船：沙灣，即江灣，具體地點不詳；放船，駛船。
②新晴放野航：新晴，指雨後初晴；放野航，駕船在野外溪水中航行。
③回塘：彎曲、環繞的水塘。
④皆春雨：意即溪中的綠水都是春雨灌注的。
⑤半夕陽：半邊披著夕陽的餘暉。
⑥沙頭剩有桃花片：沙頭，即沙灘；這句是說沙灘上飄落著片片桃花花瓣。

【名句】

一溪綠水皆春雨，兩岸青山半夕陽。

【鑑賞】

這首詩描繪了春天乘船所見的大好風光，字裡行間洋溢著詩情畫意。詩歌格調明暢，意境優美，調動多種感官，啟發了讀者美好的聯想和想像，給人留下無窮的回味餘地。

詩的前四句著重寫雨後初晴的優美的景致：船隻行駛在野外的溪間，水鷗飛翔於彎曲的水塘；春雨漲滿了水泊，青山被晚霞籠罩。「恰好」二字一下子就把作者歡快、愉悅的心情表露無遺，也顯示了作者急欲乘船野遊的渴望；頷聯的「綠」字清麗明豔，展示了春的蓬勃無限的生機；「半夕陽」不僅說明作者在不知不覺中已經迎來了黃昏，而且也增加了青山的嫵媚多姿。頸聯兩句寫水鄉農民勞動的情景：多數農家正抓緊時機挑菜，而少女們卻三五成群地忙著採茶。一派生機盎然的生活景象，歷歷在目。尾聯描繪桃花在水中漂流的景致，進一步顯現了鄉間春日的芬芳。沙灘點綴了片片粉紅的桃花瓣，非常明麗的畫面。那飄落的花瓣把溪水也浸潤得有了香氣，隨著溪水瀰漫百里。這裡當然用了誇張的手法，可是我們寧願這芳香能夠飄散百里、千里，甚至永遠留存在我們的記憶裡。

【今譯】

雨後初晴，船兒在野外河流中起航，
輕盈的水鷗全都飛出了彎曲的池塘。
溪中的綠水皆因春雨的灌注而溢滿，
兩岸的青山半邊披上了落日的霞光。
一年一度農家又遇到了挑菜的好季節，
鄉間的少女們多數正為採茶而奔忙。
沙灘上飄落下一片片桃花的花瓣，
順小溪流出村來散發著濃郁的芬芳。

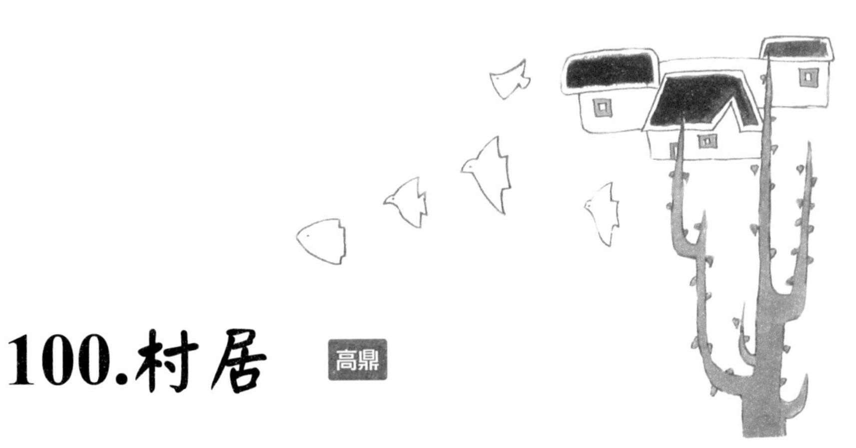

100.村居 高鼎

草長鶯飛二月天，
拂堤楊柳醉春煙①。
兒童散學②歸來早，
忙趁東風放紙鳶③。

【作者】

高鼎，生卒年不詳，字象一，又字拙吾，錢塘（今浙江杭州市）人，清代詩人。他的詩歌多數描寫自然景物和鄉村生活，風格清新活潑，語言和諧明暢，富有生活氣息。

【注釋】

①村居：住在農村。
②拂堤楊柳醉春煙：拂堤楊柳，形容楊柳微微擺動的樣子；醉，作動詞用，迷醉於；春煙，春天水澤、草木間蒸發的霧氣。
③散學：放學。
④紙鳶：風箏。

【名句】

兒童散學歸來早，忙趁東風放紙鳶。

【鑑賞】

這首詩寫的是作者居住在鄉村時的見聞，描繪了早春二月江南鄉村的明媚景致，也寫了兒童放風箏的春日活動。詩歌語言流暢明快，讀來琅琅上口，使人不由萌發出對生活的熱愛之情。

詩的前兩句描寫二月裡的自然風光：野草茂盛，黃鶯飛翔；輕拂著河岸的楊柳沉醉在春日的煙霧之中。詩中用「長」、「飛」，把一幅春日的畫面描繪得很有生氣；而一個「拂」字、一個「醉」字，把靜止的楊柳人格化了，寫活了春天楊柳嬌媚的姿態。兩句詩，把整個天地空間都寫到了，對迷人的春光作了盡情的渲染。第三、四句重點敘寫了兒童們放學歸來忙於去放風箏的情節，刻畫出了孩子們的天真爛漫，也映襯出了春天的勃勃生機。「忙趁」二字用得很是恰當。春日東風徐徐，正是放風箏的好時候，所以要「趁」；同時，又準確而生動地刻畫出兒童們那種喜不自勝、急切興奮的心情。

【今譯】

綠草盛，黃鶯飛，正是二月早春，
輕拂堤岸的楊柳沉醉在煙霧之中。
鄉間的孩子們放學回來得很早，
一個個藉著東風愉快地放起了風箏。

少年文學30　PG1468

中學生必讀的中國古典文學
——詩（宋～清）【全彩圖文版】

主編／秦嶺、秦乙塵
文字作者／卓蘭、蔣麗傑、牛斌鋒
今譯／秦嶺
責任編輯／林千惠
圖文排版／楊家齊
封面設計／楊廣榕
出版策劃／秀威少年
製作發行／秀威資訊科技股份有限公司
114 台北市內湖區瑞光路76巷65號1樓
電話：+886-2-2796-3638
傳真：+886-2-2796-1377
服務信箱：service@showwe.com.tw
http://www.showwe.com.tw

郵政劃撥／19563868
戶名：秀威資訊科技股份有限公司
展售門市／國家書店【松江門市】
104 台北市中山區松江路209號1樓
電話：+886-2-2518-0207
傳真：+886-2-2518-0778

網路訂購／秀威網路書店：http://www.bodbooks.com.tw
國家網路書店：http://www.govbooks.com.tw
法律顧問／毛國樑　律師

總經銷／聯寶國際文化事業有限公司
221新北市汐止區康寧街169巷27號8樓
電話：+886-2-2695-4083
傳真：+886-2-2695-4087

出版日期／2016年6月　BOD一版　**定價**／350元
ISBN／978-986-5731-53-3

國家圖書館出版品預行編目

中學生必讀的中國古典文學. 詩(宋-清) / 秦嶺, 秦乙塵主
編. -- 一版. -- 臺北市 : 秀威少年, 2016. 06
面；　公分
全彩圖文版
ISBN 978-986-5731-53-3(平裝)

831　　105004230

讀者回函卡

感謝您購買本書，為提升服務品質，請填妥以下資料，將讀者回函卡直接寄回或傳真本公司，收到您的寶貴意見後，我們會收藏記錄及檢討，謝謝！

如您需要了解本公司最新出版書目、購書優惠或企劃活動，歡迎您上網查詢或下載相關資料：http:// www.showwe.com.tw

您購買的書名：________________________________

出生日期：________年________月________日

學歷：□高中（含）以下　□大專　□研究所（含）以上

職業：□製造業　□金融業　□資訊業　□軍警　□傳播業　□自由業

□服務業　□公務員　□教職　□學生　□家管　□其它_____

購書地點：□網路書店　□實體書店　□書展　□郵購　□贈閱　□其他

您從何得知本書的消息？

□網路書店　□實體書店　□網路搜尋　□電子報　□書訊　□雜誌

□傳播媒體　□親友推薦　□網站推薦　□部落格　□其他__________

您對本書的評價：（請填代號　1.非常滿意　2.滿意　3.尚可　4.再改進）

封面設計____　版面編排____　內容____　文／譯筆____　價格____

讀完書後您覺得：

□很有收穫　□有收穫　□收穫不多　□沒收穫

對我們的建議：________________________________

____

____

____

請貼
郵票

11466
台北市內湖區瑞光路 76 巷 65 號 1 樓

秀威資訊科技股份有限公司 收

BOD 數位出版事業部

....

（請沿線對折寄回，謝謝！）

姓　　名：＿＿＿＿＿＿＿＿＿＿　年齡：＿＿＿＿　性別：□女　□男

郵遞區號：□□□□□

地　　址：＿＿＿＿＿＿＿＿＿＿＿＿＿＿＿＿＿＿＿＿＿＿＿＿

聯絡電話：(日)＿＿＿＿＿＿＿＿＿＿＿＿　(夜)＿＿＿＿＿＿＿＿＿＿＿＿

E-mail：＿＿＿＿＿＿＿＿＿＿＿＿＿＿＿＿＿＿＿＿＿＿＿＿